FLORET
READING

小花阅读

我们只写有爱的故事

青春阅读　幸得相见

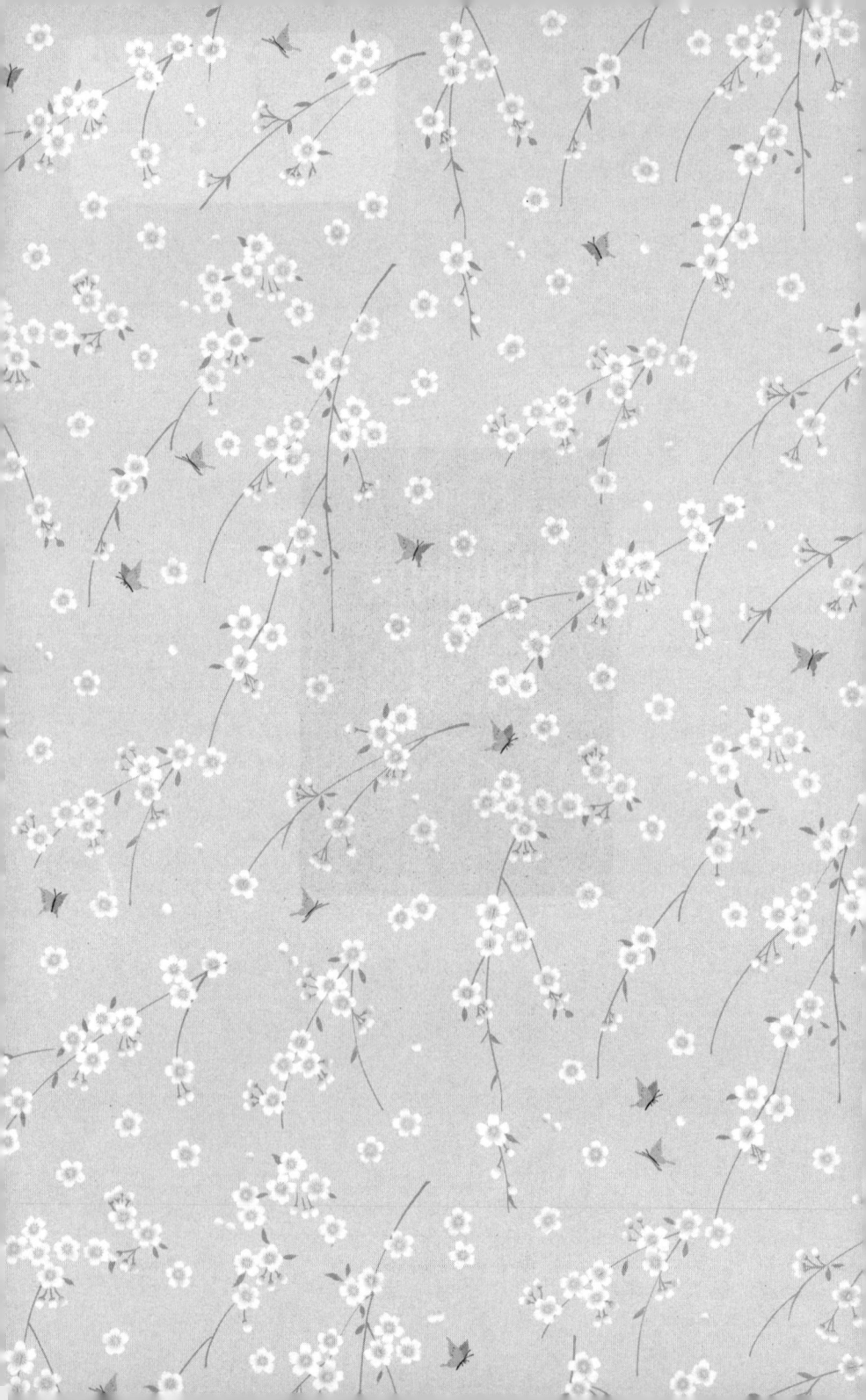

命中注定属于你

FLORET
READING

森木岛屿 / 著

花山文艺出版社

·作者简介·
ZUOZHEJIANJIE

森木岛屿

| 小 花 阅 读 签 约 作 者 |

文艺敏感的双鱼女,慢热性子但内心渴望朋友。
喜欢阅读,视书如命,属于半吊子文青。
不说年岁,梦想永远十八岁,
最大的理想就是一生与文字为伍,不离不弃。

已上市:《南风向晚》

◆ 你是繁花，别辜负盛夏 ◆

文 / 森木岛屿

　　昨天晚上跟朋友聊了很久，从各自的近况聊到以前在学校的许多事情，末了才突然发觉从最开始四处辗转面试，到后来确定实习，签订三方协议，再到参加论文答辩，最后终于来到长沙加入小花队伍。

　　一晃眼，已经快要有一年。真快啊。

　　一直觉得幸运，过去数载大都受人庇护，所以安稳度日，但也目睹身边许多亲近之人经历一些不好的事情，慢慢才发现，以往出现在故事里那些令人厌倦的烂俗剧情，一旦真的放在现实生活中，要比想象中深刻也难以承受得多。

　　在过去的这段时间里，发生了很多事情，我也渐渐开始学着独自去面对。

　　说起来有些好笑，我曾经怯懦到不敢一个人出去坐公交车，但后来也可以独自拖着行李箱辗转于不同城市之间，那些不敢或者不愿意去做的事情，等到有一天不得不独自面对的时候，一咬牙，好像也就那么过去了，而所收获的，往往更多。

也有过无数次感觉要撑不下去的时候。

身无分文的时候在陌生街头迷过路，面试遇上骗子公司，深夜在火车站拼车，一个人住偏僻的酒店不敢睡着，深夜一点打着瞌睡在机场码字……

在最狼狈的时候，也真的像顾尔尔一样，面试完之后在雨夜里狂奔，因为种种原因，走错了地方，好不容易赶上末班公交车，却坐反了方向，中途下车的时候被浇成落汤鸡，遇上跟在后面走走停停的可疑车辆，心里怕得不行。

那时候想着，要是有人能来接我就好了啊。

所以顾尔尔有了口是心非匆匆赶过去的齐沉，他在意她帮助她，却不是一味简单地将她护在自己身后。

她也慢慢明白，所谓底气，从不是凭借别人对你的信任，也不在于你有多么强有力的倚靠，只有自己拥有最柔软的内心与最坚定的意志，活得丰盈充沛，才能生出强大的气场。

人是群居动物，最害怕孤独，但终究是个体存在，再亲密无间的人，都有会离开或是不在身边的时候，所以人贵在自立，所谓安全感其实是自己给的。

这个故事写写删删，反复修改了很多地方，因为总想要借此把许多事情现实的一面展现出来，又担心拖沓繁复，读来枯燥，所以时不时陷入自我怀疑中，好在终于坚持着完成。

像以往一样，这个故事仍然有许多现实的影子，我想想，大概能有百分之五十的真实性吧，有人像程北航一样在梦想与现实间苦苦挣扎，有人困于物质困于责任，有人倚穷卖穷，有人恃才放旷，也有人像林嘉一样因爱而偏激陷入自我折磨。

我不否认程北航对梦想的坚持，对顾尔尔的爱，也不否认林嘉对友谊的用心，以及耗尽了整个青春的暗恋。只是遗憾，许多事情在最后变成了执念，所以自困其中，自己走不出，别人亦救不得。

每个人都背负着各自的劫难，但梦想与爱情，本身并没有错。

想要说，我们处在最好的年岁里，选择以和善简单的方式与这个世界相处，学会感恩，学会照顾自己，慢慢独立起来，摆脱对人无底线的倚赖，就会觉得生活好过很多。

希望每个人都能遇到把自己宠成小公主的那个人，更希望每个人能做自己的公主。

MINGZHONGZHUDING
SHUYUNI

命 中 注 定 属 于 你

第一章	毕业快乐 / 001
第二章	我可以把婚房送给你 / 032
第三章	你可以换一个男朋友呀 / 061
第四章	我们以后好好的，好吗 / 087
第五章	原本以为，对你的心跳，是错觉 / 116
第六章	他只是我……同事 / 151

MINGZHONGZHUDING
SHUYUNI

命 中 注 定 属 于 你

第七章	我喜欢你，始于六年之前 / 175
第八章	你要的，都给你，你跟我在一起 / 202
第九章	这个冬天，真冷啊 / 228
第十章	我的梦想，是你 / 250
番外一	大梦初醒 / 265
番外二	浮生与共 / 273

/ 命中注定属于你
001

MINGZHONGZHUDING
SHUYUNI

毕 业 快 乐

第一章

包厢里气氛热烈,昏暗闪烁的灯光落下来,映着桌上七零八落的酒瓶子,颇有狂欢的味道。

闹得最厉害的几个男生已经喝得半醉,正相互推搡着怂恿对方去告白,察觉端倪的女生在鬼哭狼嚎的起哄声中红着脸逃走,人群中迸发出一阵揶揄的笑声。

坐在角落里的顾尔尔笑着望一眼人群,又重新抱着手机低头修改剧本,直到有酒杯递到自己眼前。

"顾大编剧,今天晚上不赏脸喝一杯啊?"班长满脸戏谑,笑着又将杯子递上前一些,"你们家程老板到现在都没过来,作为家属是不是得表示下？"

也不知道什么时候，人群竟然聚拢到了她这里，站在中央的顾尔尔对着眼前的酒杯面露难色。

"别为难尔尔了，"趴在沙发靠背上的秦炜彤眯着眼睛起身，"程北航的规矩你们又不是不知道，别人是'妻管严'，他是'严管妻'，尔尔今天要是喝了你们这杯酒，回去指不定得跪搓衣板呢。"

大家了然一笑，却没有人肯就此罢手："今晚不一样，程老板自己答应了参加毕业聚会的，是他自己爽约这才由老板娘代酒的嘛！"

顾尔尔被这一番话说得红了脸。

原本外系的程北航并没有理由参加这次毕业聚会，但作为整个C大的红人，他大学四年囊括大大小小各类奖学金，又在临毕业之际参加创业大赛取得优异成绩，获得各方资金支持，一手筹办起自己的游戏公司，因为顾尔尔的关系，顺带着帮不少人解决了学校强制要求的三方协议签订问题。

程北航早被班长他们视作自家人，并坚持邀请他陪同顾尔尔一起参加毕业聚会。

只是迟迟没有露面。

顾尔尔不忍扫了大家的兴致，接过杯子一饮而尽，却不想有了这杯开头，竟引来后面更多人轮番敬酒。

她向来不擅应对这种场面，一时间站在原地有些无措。

"啊！"

突如其来的尖叫声替顾尔尔解了围。

音乐声戛然而止，热烈的气氛在突然降临的黑暗里陷入僵局，场面有短暂的混乱，紧接着是不满的抱怨，"怎么这种时候断电啊？服务生……"

有人摸索着手机打开手电筒，朝门口走去。

覆上把手的那一刻，门却突然从外边被推开。

一只漂亮的巨大蛋糕被人推进来，盈盈的烛光瞬间落满整间屋子。

"尔尔，生日快乐！"

林嘉从蛋糕后面抬头，她穿一袭红裙，踩着八厘米的高跟鞋，衬得整个人越发高挑明艳，顷刻间吸引了所有人的目光。

她不动声色地快速环视一周，没有找到那个熟悉的身影，眼底的落寞一闪而过，目光转而落在顾尔尔身上，两三步坐过去将一只精致的小盒子递到顾尔尔手上："程北航没有跟你一起过来吗？"

完全不经意的语气，就好像并不在意顾尔尔的回答。

顿了顿，她又替顾尔尔打开那只小盒子。

一只卡地亚的手表。

或艳羡，或惊讶，周围的女生纷纷感叹起来。

对于林嘉来说，可能算不得什么，但对于顾尔尔而言，反倒是秦炜彤送的不知名的手链更容易接受些。

顾尔尔几乎出于本能地想要拒绝。

林嘉用力握住她的手，将那只做工精细的手表扣上她的手腕："尔尔，我们认识七年，你是我最好的朋友，最重要的人，我想要把所有我喜欢的、最好的东西都给你。你要是相信我对这份感情的用心，就不要拒绝。"

"我不知道怎么去对你好，所以只好把我能拥有的都给你，这跟价值跟金钱没有关系。"

顾尔尔来不及再多说，林嘉便被身后的人拉扯着过去喝酒。

酒过三巡，一群人围着林嘉玩起"真心话大冒险"的游戏。说到底，也不过是趁着毕业醉酒之际，最后一次找机会试探林嘉的心意罢了。

这一级毕业生中，除却程北航以外，最引人注目的便是林嘉，出色的外表、优渥的家世、绝佳的双商，整个C大满是她的追求者。

只是，她的情感状况一直成谜。

几乎所有的追求者都被其发了好人卡，她自称已有喜欢的人，可是除了青梅竹马余晋白，没有人再见过她与别的异性走得近些。

自然有人不死心，想趁最后的机会揭开谜底。

林嘉倒也不做作。

她一把扯过班长的外套盖在正打盹的顾尔尔身上，又转身折回去将手里半瓶酒悉数饮尽，"咣当"一声将瓶子横放在桌子上，稍一用力，瓶子晃晃悠悠开始转动。

整个动作一气呵成，颇为豪放，只是没想到最后瓶口竟然对准了自己。

班长按了按太阳穴，眯着眼睛看向林嘉，可舌头不听使唤，磕磕绊绊地开口："林嘉，你老实告诉我……同班……同班四年……你喜欢的人到底是谁？"

林嘉忽然顿住，片刻之后她微微侧头，目光随意地掠过睡在一边的顾尔尔，然后仰头将手里的酒一饮而尽，嘴角浮起浅浅的笑意，像是确认一般望了望班长："我喜欢的人啊？"

"程北航！"

不知道是谁突然喊了一声。

林嘉的呼吸陡然一滞，加大了握酒杯的力气，修长的手指绷得泛白，像潜伏多年的间谍被忽然揭开真面目。

来不及作出解释，面前的班长兀自起身，绕过林嘉朝门口方向虚晃一步,却重心不稳跌撞进一边的座椅里。

"看来,我差点错过今晚的聚会啊?"

声音从身后传来。

大概刚从什么正式场合赶过来,程北航还没来得及换衣服,干净的白衬衫领口微微敞开,袖子被挽上去,露出一段修长有力的小臂。

林嘉扫一眼全场,见没有人察觉到她的不自然,这才缓缓长呼一口气,原本被戳破心思的窘迫顷刻间消散,悬着的一颗心终于放下来,再抬头的时候她的情绪已经恢复如常,眼底却平添几分光芒。

她下意识整了整裙摆,端起酒杯上前两步,还没来得及开口,便见程北航自顾自朝着沙发角落里的人走去。

林嘉顿住脚步,自嘲般地笑了笑,将没来得及递出去的酒悉数饮尽。

顾尔尔睡得迷迷糊糊被人晃醒,一睁眼便看到蹲在她身侧的程北航。

头顶闪烁的昏暗灯光落在他身上,映着他极为深邃的五官轮廓,透着年轻特有的张扬自信的力量,看上去有种摄人心魂的俊美。

"我不是说过不许你喝酒的吗?"嗅到她呼吸间的酒气,他的语气中夹杂着明显的不满。

顾尔尔默默低头,片刻之后伸手钩住他的脖子认错:"我错了,可是程老板,你没有给老板娘准备生日礼物,这算不算扯平了?"

他敛了脾气轻轻抱了抱她,又松开。

下一秒已是单膝着地,望向她的眼里漾着浓浓的笑意,然后从口袋里摸出一只小盒子,缓缓打开。

众人低呼一声。

一枚亮晶晶的戒指套进顾尔尔的手指,程北航抬眼:"你的生日礼物。"

顾尔尔刹那间红了脸。

班长带头起哄:"程老板真是会做生意,这说是给我们尔尔准备的生日礼物,但实际上,你可是用一枚戒指换了一个人回去,稳赚不赔啊!"

程北航没理会他们,认真地盯着顾尔尔,将她整个拳头都握在自己的掌心里。

一群人配合着程北航见证了两个人的感情,气氛再一次推向高潮。

林嘉窝在角落里,目光不自觉落向人群中央。

那个人有一双漆黑如墨的眼睛,笑起来的时候嘴角上扬,眉眼间都透着动人的光芒，有一种介乎男孩儿与男人之间的魅力。

他住在她心里整整七年，终于还是将戒指套在了顾尔尔手上，从此以后，她连将他偷偷放在心里都会是被万人唾弃的罪过。

她用力仰头，将一整瓶酒全部饮尽，一声轻不可闻的哽咽之后，眼底的光芒悉数覆灭，然后起身上前，在顾尔尔身边坐下来，反握住顾尔尔的手，另一只手抄起一只酒瓶，无比豪气地咬开瓶盖，眼睛里却满是雾气，朝着人群："来，庆祝我们家尔尔恋爱长跑圆满落幕！"

"那……庆祝我毕业就分手，恢复单身狗！"有人自嘲着接起话来。

"没有对比就没有伤害啊，大学四年，只有我们程大老板爱情事业双丰收，"又一只酒杯凑过来，"来，庆祝你们从此过上双宿双飞白头偕老的美满生活，也庆祝我从今往后茕茕白头，孤独终老！"

"庆祝我从明天起，正式成为高级打工仔！"

"庆祝我毕业就失业，成功拉低大学生就业率！"

"庆祝我考研失败，再战三百年！"

……

酒杯碰撞间，有人借醉高歌，有人抱头痛哭，也有人抱着酒瓶喝哑了嗓子，所有人都好像要借此完成青春的最后一次放纵。

顾尔尔忽然想起来老师说过的话：

"我见多了你们毕业季痛哭诀别的场面，说是因为不舍别离，不过是噱头罢了，有人考研成功，有人即将步入高薪职场，所以借毕业狂欢，而更多人是因为尚不明确的前途而号啕大哭。你们总会明白，这世间之事，如人饮水，冷暖自知。"

可这一刻，明明灭灭的灯光落在每一个人脸上，他们分明还是未经世事的单纯模样，澄澈的目光里沾染几分落寞，这是他们最后一次告别青涩校园。

自此以后，步入各自的征途，独自挣扎在盛大的岁月里，沾染上凡尘的烟火气味。

顾尔尔望着肆意打闹的人群，无端想要落泪，终于，数十只酒杯碰撞在一起：

"毕业快乐！"

晨色熹微，薄薄的日光从鳞次栉比的高楼背后氤氲开来，空气里散发着夏季植物特有的清新气味。

这座繁华的城市无论是在白昼还是黑夜，总是散发着让人神往的魅力，但越过这些引人注目的高楼大厦，在光鲜亮丽的背后也总有鲜为人知的小角落，比如破败不堪的乞丐街，比如堆满垃圾的烂尾楼，比如——

偏僻低矮的小房区。

文艺一点儿来说，可以称作孕育梦想的摇篮。

毕竟，程北航把过去二十年来所有的积蓄都拿去投给了自己的梦想，他的游戏公司在市中心颇具规模的写字楼里，可几乎没有人想到，为人称道的游戏公司老板住在最不起眼的小矮楼里。

但梦想所赋予的快乐总能替代现实的困顿，况且，无论是程北航，还是顾尔尔，都坚信这些都只是暂时的，凭借程北航的能力，很快便能搬离这里。

顾尔尔深深吸一口气，抱着煮好的绿豆粥，绕过正在施工的马路，穿过一条长长的巷子，偶尔也会碰上早起晨练的老人："王爷爷，早上好！"

对方朝她笑着点头："姑娘，你今天来得有点儿早啊！"

她偏偏头，灿烂的笑容同夏日的阳光一样热烈。

早上六点，闹钟响起来的时候，程北航已经洗漱完毕。

他按掉手机，衣服刚刚换到一半。

"砰砰砰！"

敲门声越来越重，似乎生怕屋内的人听不到一样。

他放下手里的衬衫，趿着拖鞋过去开了门。

"哎——"

顾尔尔一股脑儿将手里的早餐塞过去，然后以迅雷不及掩耳之势捂住眼睛："你怎么不穿衣服啊？"

程北航揉了揉自己的头发，语气里有些无辜："我本来正在换衣服啊，是你自己等不及，一直疯狂砸门，我只好……"低头看到眼前脸红的顾尔尔，他又故意倾身靠近，按上她手上的戒指，颇好笑地调侃，"不过我的未婚妻，你是在害羞什么？"

两个人在一起七年，按理来说，早已经熟知彼此的喜好以及所有的习惯，已经不再是初识时的青涩，可偏偏顾尔尔对于程北航略微亲昵的举止，都忍不住脸红。

她没再搭理好心情的程北航，侧过身子从他边上绕过去，又随手将衣服丢到他怀里。

程北航看一眼时间，折返回去迅速换了衣服，草草吃了几口早餐便朝门外走去："尔尔，我走了，等我好消息。"

顾尔尔朝他挥挥手，收拾好碗筷，又给窗前的几株绿植浇了水，然后抱起床头的一堆衣服丢进洗衣机。

截止到上周，程北航主导的第一个大型游戏《倾世爵战》，基本已经成功修复内测中出现的所有BUG，接着又花费了一周时间对部分场景细节问题进一步完善，只剩找到业内公司进行合作。

最重要的是，希望借此可以获得资金方面的支持。

"真的很抱歉，何总这边在谈一个很急的新项目，可能还要麻烦您再多等等。"助理推门进来，帮他换掉面前的咖啡。

程北航的耐心已经一点点流逝。

他抬头瞥一眼墙上的挂钟：十一点半。

距离早上的游戏样本演示结束已经整整两个小时，他颇为不耐地揉了揉眉心，微微后靠，目光无意识地落在桌角处的公司Logo上。

黄蓝色的字母相交，末尾处微微翘起的弧度，渲染出一种生动与活泼——盛纪数码娱乐公司。

他查过盛纪数码的背景资料。

盛纪成立于2014年，前身为游戏爱好者组织的业余团队，后由何盛投入一大笔资金，高薪聘请专业人士加入，成为业内一家年轻的小型游戏公司，这几年来并无突出业绩，在业内也算不得知名，但由于发起人何盛对于游戏狂热的痴迷，以及其给予的充足财力支持，发展经营也勉强算得上稳定。

按长远发展来看，这样的鸡肋公司算不得合作的绝佳选择，但程北航有他自己的考虑。

一来，毕竟初入社会，缺乏经验，直接与大公司交涉，成功的可能性并不大，又容易受到掣肘；

二来，盛纪这样的公司，同样由小团队转型而来，从感性方面而言，更能理解创业的艰辛，合作事宜更容易商讨，而盛纪规模不大，与程北航的公司旗鼓相当，日后合作不至于处于太过被动的地位。

而最重要的一点，虽然盛纪的技术方面发展有所欠缺，但其背后有强大的财力支持，而程北航带有一支专业的游戏团队，手中所开发的游戏从各方面来看，都颇有市场。强弱相抵，作为商人，何盛不会认不清这一点，另外，以何盛对于游戏的狂热，不会不被程北航的游戏所吸引。

这一点，从早上的游戏样本演示过程中何盛眼里露出的光芒，就让程北航几乎可以确信这次谈拢合作事宜的把握。

外面的树枝上有断断续续的蝉鸣混杂在来往的车流声中，程北航放下手中的咖啡，起身站在窗户边上。

炽热的阳光透过窗外摇曳的枝丫，在他脸上落下晦暗不明的斑驳阴影，他侧影凌厉，低头思考事情时却有种漫不经心的生动。

这是二十二岁的程北航，心怀梦想，热烈无畏。

门外的脚步声由远而近，半透明的玻璃外有三两个人影经过。

紧接着门把手转动，露出何盛那张商人惯有的笑脸。

"真是不好意思，让程先生久等了。"

程北航起身，报以同样的微笑："何总客气了。"

没有过多的客套寒暄，何盛坐到对面的沙发里，低头抿一小口咖啡开门见山："早上看了你的游戏，毫不夸张地说，无论是人物技能操作还是剧情发展，你们做得都相当不错，有些方面我们盛纪真的比不上，一款性能绝佳的游戏，就可以看得出你们所投入其中的心血。"

"何总过奖了。"程北航一副谦卑的样子，眼底有敛不去的自信光芒，他笃定谈妥合作近在眼前，"我们也有不足之处，日后如果能够和盛纪合作，我相信我们一定能以更好的创意以及专业水准占据更大的市场，实现双赢。"

"不错，"何盛摆摆手，以一个放松的姿态倚在沙发背上，"若是能有程先生的加入，我们盛纪的发展也一定会更加迅猛，关于薪酬待遇这方面，我可以依照业内最高标准来支付，当然，依据程先生的能力，若是有什么别的要求也可以尽管提出来，我会尽可能满足。"

事情的发展似乎有些超乎预料，程北航不自觉蹙拢眉头。

"何总的意思是……"程北航手掌微微合拢，有些焦急地解释，

"何总恐怕误会了,我这次过来,是希望能够和盛纪共同合作开发游戏项目……"

说到一半,助理敲门进来,俯身在何盛耳边低声说了几句,何盛眯着眼睛考虑良久,最后点了点头。

等到助理退出门去,他又侧过头来继续开口说,言语中少了些耐心:"程先生也看到了,我这边事情确实也比较多,我能够保证盛纪所开出的条件不会比业内任何一家公司差,也希望程先生能尽快考虑清楚,你有专业的技术,我有强大的资金支持,各取所需,我们没有必要浪费太多的时间在谈判的事情上。"

何盛放下商人的身份,转而又以一个前辈的姿态看了看程北航,脸上的笑意更加浓重:"我看好你们整个开发团队的专业水平,也很能理解你的想法,毕竟我们盛纪也是从小团队一路走到今天……"

他声音里含着笑,语气里却有几分讥诮:"我知道,你们刚刚毕业,想自己创业,年轻人有梦想有抱负,这是好事情。但是,据我所知,程先生的创业资金,大都来源于在校时参加的一些创业竞赛活动,以及政府对于这方面的优惠政策支持,再多就是活动赞助企业的资金投入。"

他直逼向程北航的目光里有着生意人特有的狡黠,又带有一丝无奈的怜悯。

"我相信，不用我多说，这段时间以来，你们也已经充分认识到创业对于资金的要求了吧？你心里要比我清楚得多，没有人脉关系，又缺乏市场经验，无论你在大学时候多么优秀，依照你们目前的状况，也不会有企业愿意承担着这么大的风险轻易去投资的，而你们以后所要面对的困难，更是远不止于眼前这些。"

见程北航没有妥协的打算，何盛索性起身，做出送客的姿态。

"可是，何总……"

何盛拢了拢袖口，并没有程北航预估的求贤若渴的表现，反倒是有些不耐烦的样子，明显不愿意再多谈下去："毕竟商业不是做慈善，程先生应当认清楚自己的位置。"

程北航的笑容已经完全僵在脸上。

他没有想到耗费了半天时间之后的谈判就这么草草结束，自己之前的种种考虑在脑海中划过，原本以为周密的考虑，在这一刻看上去完全就是个笑话。

他妄想何盛会因为对于游戏的狂热痴迷而被吸引，妄想凭借自己突出的专业技术得到盛纪的资金支持，妄想何盛会因为相似的经历与他惺惺相惜。

可是，他忽略了至关重要的一点。

所谓公司，正是以营利为目的，从事商业经营活动的组织。

营利才是前提，也是目的。

撇去种种，何盛更多扮演的是理性的商人角色，无论经营状况如何，盛纪数码娱乐公司都是以营利为根本目的。

这足以让何盛从大局出发考虑，争取以最小的风险，获得最高的收益。

他自以为是的小心思，在何盛眼里其实早已是昭然若揭。

从盛纪出来，室外39℃的高温扑面而至。

偶尔有风吹过，闷热的气息让人有些喘不过气来，程北航松开衬衫最上边两颗纽扣，暴露在外的皮肤很容易感知到细密的灼热，他站在明晃晃的日光下，手臂上有微微发烫的疼痛感。

口袋里的手机嗡嗡作响。

他回过神来，按下接听键折回门口阴凉处。

"北航哥，你跟盛纪谈得怎么样了？"石辉的声音从电话里传来，带着隐隐的兴奋期待。

程北航没有说话。

"其实……林嘉姐今天打过电话，说是林江生有意向开发游戏市场，如果有需要，她可以提供资金方面的……"

石辉试探着提起这件事情，却也是越来越没有底气。

林家生意涉猎面虽广，但重心落在影视方面，至今为止从未涉及游戏领域，林江生做事向来沉稳，断不可能突然投入全新的行业，石辉又何尝不知道那是林嘉提供帮助的托词。

"不用。"他利落地说出这两个字，听不出任何情绪。

隔着旋转的玻璃门，程北航看到何盛满脸堆笑地将一行人送下电梯。

好半天之后，他对着电话又补上一句："以后她打过来的电话，不要再接了。"

虽是淡淡的语气，但明显没有丝毫商量的余地。

程北航同顾尔尔在一起七年，也同林嘉认识七年。

他眼前浮现林嘉那张精致动人的脸，以及她望向他的时候热烈的眼神，甚至她明里暗里的种种帮助。

她的确优秀，值得所有人倾慕，甚至凭借她的家世足以让他的创业之路顺风顺水。但是优秀的未必适合。

程北航再清楚不过，他们从来不是一个世界的人，相比面面俱到的林嘉，他更适合同顾尔尔这样温和简单的女孩子在一起，且不说他不愿被人以事业掣肘，单单是漫长的余生，他也只希望在经历商场的厮杀征伐之后，回到家里能捧一杯温粥清茶，而不是困心乏力再去讨得她的欢喜。

程北航摇了摇头不再去多想，她本就是顾尔尔的朋友，他无权插手两个女孩子之间的友谊，自己所能做的便只有与她保持距离，既本无心，也不必过分在意。

一群人从他身边经过，西装革履，步步生风。

程北航觉得挫败，跟他们比起来，同学口中光彩照人的自己俨然卑微如蝼蚁，他们总羡慕自己光鲜自在，却不知，那些励志影视剧中镜头一转便能取得的成就，背后需要经历多少看人脸色的无奈与辗转操持的心酸。

他无意识加重了握着手机的力道，总有一天，他要让何盛笑脸相迎相送。

抬头间却注意到刚刚离去的人群里，有人折返至他面前，大概已至中年，但精致的妆容让人难以分辨她的具体年龄，加上一袭正装，更是衬得整个人干练利落，她带着礼貌的笑意略微侧头，目光落在他附于耳边的手机上。

程北航立马会意："没关系，您讲吧。"说着便收起手机。

"请问是程总吧？"来人笑容得体，一副彬彬有礼的模样。

得到肯定后，她礼貌地伸出手："您好，我是环宇科技的项目负责人叶环琪。今天早上在盛纪的样本演示现场我们见过，我对你们手头的这个游戏很感兴趣，不知道程总有没有兴趣跟我们环宇合作？"

程北航脸上的阴霾一扫而光，眼底重新泛起光芒。

钱包被甩在地上，各种银行卡现金散落一地，客厅里的女人声音里夹杂着隐隐的颤抖："这些都给你……都给你，你能不能不走？求你了……"

比起她的卑微，站在她面前的男子则显得平静得多，他脸上写满了不耐烦："我跟你说过，我们之间根本不是钱的问题，你能不能冷静下来跟我谈……"

协商不成，引爆新一轮更加激烈的争吵。

透过没关严实的门缝，顾尔尔瞥见同住的颜姐正拼命拉扯身前的男子，两个人吵得面红耳赤，谁也不肯罢休。

好久之后，颜姐的声音陡然提高，然后伴随着震天的关门声，终于恢复一片寂静。

顾尔尔叹了一口气，反手将房门关上。

这种感情里的是是非非，作为外人的她没有资格，也没有办法去掺和。

只是两个人多年的感情，真的就这么容易被金钱物质所掣肘吗？

她摸了摸套在自己手上的戒指。

她相信与程北航的感情，也相信他的能力，即便眼下还算不得成功，但至少以后也不至于被物质所困扰。

她走到窗边将帘子全部拉开，有斜斜的雨点被风吹进来，落到身上冰凉一片。

这半个月的高温已经快要将整个世界都融化，在无数人求神拜佛的祈祷中，好不容易迎来了一场酣畅淋漓的大雨，连带着空气都变得清新。

手机"嗡嗡"地振动。

是熟识的编剧发来的微信消息，顾尔尔点开语音，立马有激动的声音传入她的耳中——

"你男神的戏这个月底杀青，下一个作品现在还没定下来，这是个好机会啊，你那个耗时六年的剧本也该出场了吧？我这边有关系，可以帮你牵线搭桥！"

顾尔尔有些脸红，支支吾吾地回复"我……还要再修改修改。"

很快手机又振动，接连着几条语音进来。

"还改啊？我上次看你那个本了，大师级别的好吗？"

"这次可是我好不容易才找到的关系，齐沉挑剔，看不上我这种小作品正常，但是你的《浮生》肯定没问题的。"

"我说大姐啊，别犹豫了，这不是你特意写给他的吗？"

顾尔尔点开几条语音听着，一边打开电脑里的文档，随意地翻着《浮生》的剧本，有几场主角的戏份她删删改改好几遍还是觉得不满意。

她想了想，还是输了几行字回过去谢绝了对方的好意。

关掉文档，她躺在床上心不在焉地刷着朋友圈，状态最多的仍然是秦炜彤，大多数是她微商在传的照片，偶尔有关于营销手段各种讲解的分享。

电脑屏幕闪了一下，弹出新闻的页面，她又丢掉手机转过头来扫一眼屏幕。

本地新闻里全都是对于这场甘霖的报道，再往下翻，是各路段子手对于久旱逢雨的戏谑调侃。

看着这些脑洞大开的网友，她忍不住笑出声来。

鼠标滑过娱乐版面的时候，左上角的几个大字吸引了顾尔尔的视线——

"新晋男神私密过往遭曝光，前女友发长博痛斥渣男！"

配图是认证微博的截图，以及衣衫不整的齐沉。

她有一瞬间的晃神，翻过身从床上爬起来，返回去点开那则新闻。

偏偏网络不给力，图片正一点点慢悠悠地加载着，顾尔尔迅速往后翻过去，试图从文字报道中获取更有用的信息。

虽说大学时候发过几个剧本，勉强也算得上半个不知名编剧，但顾尔尔向来对娱乐圈里的这些八卦没有太多兴趣，唯独齐沉不同。

这个近两年刚刚走红的艺人，向来以脾气恶劣、固执霸道著称，媒体舆论对于他的评论好坏参半，而诋毁与赞美间的争执，倒也帮他助长了不少人气。

大多数观众也是随着他的走红才给予了更多的关注，顾尔尔则不同，最早知晓齐沉是在六年前。

那时候网络音乐红极一时，齐沉发布的单曲也很快便被无数后来者所湮没，但顾尔尔始终记得MV里只露过半张脸的少年。他穿一身黑衣，青涩的面孔在镜头下一闪而过，接着戴上一副小丑的面具，陪在濒死的女友身边。

那支MV里的故事，顾尔尔已经记不大清楚，但那双眼睛里抑制不住的深情与心酸让她永生难忘。

六年后的今天，有人欣赏齐沉的直爽，也有人指责他不懂人情世故，但始终不曾有人质疑他的能力，他终究是从不为人知的网络背后，站到了万人瞩目的舞台中央。

但顾尔尔知道。

在过去的二十多年里，他承受了怎样的非议痛苦，冷眼排挤，一路摸爬滚打才至今天这般地位。

在他尚无名气的时候，他曾偶然受邀参与一档非常小型的网络节目，在一干名声大噪的歌手中，他显得特别不起眼，主持人甚至连他的名字都没能记清楚，当时谈起他们各自的下一个目标，所有人都在说要做更好的音乐，轮到他的时候，他直白坦言："追求更好的音乐，是我一直在做的事情，下一个目标我更希望自己能够尝试跨界挑战，比较想要出演一个搏击类酷酷的电影角色。"

十九岁的少年，其实也不过坦言自己的计划，落到别人眼里，却是言语间透着种不知天高地厚的天真狂傲。

不等他把话说完，主持人便笑着转移了话题，语气里的嘲讽意味太过明显，整个节目再没有给过他开口的机会。

这也不过是他过去数年里不值一提的小小波折，再后来他只身奔往韩国学艺，没日没夜地健身与练舞，后又被经纪公司欺骗，再后来回国赶上"限韩令"，他在韩国的过往似乎都成了污点，他曾落魄到在酒吧驻唱，也曾与街头混混厮打。

那些切肤的疼痛说出来的时候也不过轻飘飘的一两句玩笑话，可顾尔尔在那些年里他秒删的微博中看穿他的窘迫。

在所有人都夸赞他的演技，又感叹他年少扬名的时候，只有她注意到，他照片角落里被刻意虚化了的伤疤，以及录完歌的凌晨，他泛白干裂的嘴唇……

他凭借着一腔孤勇与倔强，在层层磨炼中涅槃，才有了如今这样桀骜顽劣的资格，在这副面孔背后，他所拼命掩盖的是不为人知的过往。

她躺回床上，打开微博，看着那个熟悉的头像，点开了对话框，像以往无数次一样，迅速输入一小段话发过去。

不过是寻常的只言片语。

她也并不在意他是否看得到，更不期待他的回复，于她而言，他是夜深人静时分倾听她心事的树洞，是她茫然命途中追逐的方向，是小心翼翼又拼尽全力的小小梦想。

无论哪一种，都是不能执着于结果的存在。

这样也好，不会期待便不会有所谓失望绝望，我们活在平行的世界里，若是幸运，在未来某一天里，我们有所交集，完成我的梦想，然后重归自己的轨迹，继续平安度日，各自终老。

鼠标落在桌面的文档上，这是她花费六年时间反复修改的剧本，以六年前的少年为原型，为他创造了"搏击类酷酷的电影角色"的角色。

她最大的愿望便是有一天，能够以编剧的身份同他一起，将这个故事搬上荧幕。但现在，大概没有机会了吧。

他已是万人瞩目的圆月,而她不过是微不可见的新烛。

她兀自笑了笑,重新打开那则新闻——

如果齐沉真的已经是所有人口中那个顽劣不堪的花花公子呢?

这个念头从脑海中冒出来,顾尔尔"啪"的一声合上电脑。

程北航从身后抱住她的时候,顾尔尔被吓了一大跳。

"尔尔,好消息!"程北航的声音里透着按捺不住的激动,"我今天跟环宇科技已经正式签订了合同,他们对我手头的项目十分看重,已经提前支付了首付款。"

顾尔尔从他怀里脱身,回过头来轻轻吻在他嘴角:"恭喜程先生!"

她看不懂游戏中的程序代码,也不擅长玩那些打打杀杀的游戏,但是在一起七年,她从来都清楚并且相信程北航的实力。

程北航笑着松开她,扬了扬提在手里的两大袋食材:"今天程老板亲自下厨做大餐庆祝怎么样?"

他眼底有浅浅的自信光芒,视线掠过她身后的屏幕时,皱了皱眉:"老板娘,你总是背着我关注别的男人的新闻,就没想过要怎么跟我交代吗?"

顾尔尔笑了笑,随口转移了话题:"你跟那个环宇的合作可不可靠啊,不会有什么问题吧?"

本是随意的一句无心话，程北航却僵了脸色："尔尔，你在说什么呢？"

　　"工作上的事情你又不懂，不要乱说，环宇科技是国内数一数二的游戏公司，而且……"

　　而且，鉴于上次盛纪的事情，程北航特意跟环宇强调了自己的合作意向，还亲自在环宇实地考察了解了一番。

　　若不是环宇极度看重自己的能力，又怎么会愿意花费这么多耐心与时间给他？

　　通过这几天的交流，程北航已经笃定叶环琪就是自己的伯乐。他对顾尔尔的质疑态度十分不满："你就安安稳稳地让我养着，没事写写你的剧本就行了，不要胡思乱想。而且尔尔，你得信我……"

　　顾尔尔吐了吐舌头："好好好，我的错我的错，我信你！"

　　"你先去冲澡吧！"

　　刚刚淋了雨的程北航浑身都是湿漉漉的，顾尔尔将毛巾塞到他怀里，直接推着他朝浴室走。

　　"信你信你，快去洗吧！"

　　"哗哗"的水声传出来，顾尔尔蓦地松了一口气，若说程北航有什么不好，那就是他过分强烈的占有欲，不过是一个遥不可及的明星罢了，若是和他再继续说下去，免不了又要打翻醋坛子好一顿争吵。

"整天带人回来吵吵嚷嚷，还能不能让人睡个觉？"另一边室友的房门被打开，看到顾尔尔准备进厨房的样子，声调更是提高了八度，"你带朋友回来煮饭不费电啊？年纪轻轻的怎么净想着占人便宜的事情？"

顾尔尔想解释，可念及她中午跟男朋友争吵未消的怒气，到了嘴边的话变成了温温软软的道歉："对不起，颜姐，我……我这个月多担一些水电费，你看这样可以吗？"

不知道颜姐是不是还窝着中午的火气，不依不饶道："怎么？你钱多是不是？整天连个正经工作都没有，就知道写写画画的，等着你男朋友养你吗？既然他那么有本事，就去买房给你啊，也免得窝在这里跟我合租受委屈！"

顾尔尔一时语塞，后退一步却撞到身后冰冰凉凉的胸膛，隔着薄薄的T恤，有水珠渗进她的背后，散发出阵阵凉意。

"买就买啊。"

程北航的声音从头顶落下来，他从浴室出来，尚顾不上擦干头发，衣服松松垮垮地套在身上。

受不了程北航这么不客气的语气，颜姐更是来了脾气，板着脸咋咋呼呼："顾尔尔，你别忘了，合租的时候说好不能带异性回来的，你好好想想，多少次带男朋友过来了，这家里不是你一个人住的，这种事情传出去难不难听？"

程北航也不肯罢休，一只手将顾尔尔护在身后，另一只手开始懒懒地扣扣子："颜姐，你们都是女生，一起住这么久了，尔尔偶尔带朋友过来吃个饭，也没你说得那么过分吧？再说了，你说起带异性回家这回事……"他挑了挑眉头，语气有略微的停顿。

顾尔尔扯扯程北航的衣服，示意他不要再多说。

关于颜姐跟她男朋友的事情，几乎整栋楼的人都知道，说到底，不过是一段剪不断理还乱的感情。

颜姐耗费了所有的青春在那个男人身上，为此不惜跟家里人翻脸，又背井离乡跟着他四处辗转，就在两个人的生活逐渐好转的时候，男人劈腿提出分手。可颜姐死活不肯，威逼利诱想尽各种办法，隔三岔五折腾着，勉强将人带回来，两个人又是无休止的争吵。

几次下来，闹得沸沸扬扬，周围邻居都已经知晓。

原本程北航要顾尔尔搬出去的，但顾尔尔同情颜姐的遭遇，又是签了长期合同的，不想中途再多出来这么一些事情，所以一直住在这里。

被提及痛处，颜姐的脸上青一阵白一阵，一时间情绪有些难以自控，她随手抓起边上的扫把就朝着顾尔尔丢过来："滚出去！"转而又对着程北航冷嘲热讽，"你当自己是什么好东西，空有花言巧语骗女孩子欢心的心思，出轨也不过是早晚的事情！"

"你……"程北航厌恶地蹙着眉头，捏紧了拳头却被顾尔尔拽着没有发作，只是有明显的怒气将整个人笼罩住。

"你们有什么好得意的？以为比我好到哪里去？"颜姐的眼神已经失去焦点，她胡乱地喊着，发出又哭又笑的凄厉声音，"这不过是刚开始，你们也都没有好下场的！"

颜姐受到刺激，精神已经有些崩溃，顾尔尔怕再争执下去惹出什么事情来，一边拦着程北航后退，一边竭力安抚颜姐的情绪。

颜姐却并不买账，抄起桌子上的水果刀胡乱晃着："滚开啊你们！"

顾尔尔不敢真的就这么走掉。颜姐见他们不动，挥着刀子就冲过来，却不料踩到刚刚被自己丢下的半只橙子，脚下一滑，她整个人撞翻热水壶，摔倒在地的时候又被手里的刀划伤手腕。

场面一片狼藉。

救护车呼啸着带走颜姐的时候，她还在叫嚷着说些极为难听的话。

顾尔尔收拾完凌乱的客厅,天色已经暗下来,她擦擦额头上的汗水,后背已经是拔凉一片。

颜姐挥舞着水果刀歇斯底里的场景还历历在目,顾尔尔总觉得还能看到颜姐的身影——她低垂着双眼的样子,她喊着她的名字胡言乱语,她被带上救护车之际那种狠戾又绝望的眼神。

在不为人所知的背后,她究竟经历了什么样的感情,花费过多少心思,最后却又怎么因着区区金钱的问题经历了背叛,才让她落得如此颓败境地。

顾尔尔觉得心里有种莫名的难过。她收拾了客厅之后,打电话给林嘉说起这件事情。

林嘉以为她介意颜姐的胡言乱语,柔了声音安慰:"尔尔,别胡思乱想了,颜姐是精神不正常,自己感情受挫,所以才见不得别人好,你跟程北航可跟他们不一样,他对你那么好,而且你们在一起都七年了,不会有什么问题的,别听那个疯女人乱说。"

第二章 我可以把婚房送给你

MINGZHONGZHUDING SHUYUNI

　　颜姐那边是没有办法再住下去了，但顾尔尔没想到的是，程北航真的动了买房的心思。

　　他将电脑推过来，屏幕上的房产信息正对着顾尔尔。

　　"我去看过了，这套房子你一定会喜欢。"他握住顾尔尔的手，一双漆黑的眼睛里映着零星的光，前所未有地认真，郑重地承诺，"尔尔，等我忙过这段时间，装修好房子安顿下来，我们就结婚。"

　　顾尔尔有那么一点儿动容，但很快理智占了上风，她知道，依照程北航的好强，他一定是被颜姐的话激怒，也一直对那天争执的事情耿耿于怀，所以才在拿到了首款之后就想要逞强。

"好了北航,我知道颜姐的话让你心里有些不舒服,但是那只是个意外,"她伸手指指自己的脑袋,"她一时精神崩溃,你别往心里去。"

见程北航脸色有些难看,她轻轻抱了抱他,又伸手指了指房产报价,继续劝导:"你的能力大家有目共睹,我更是从来都相信你,但按照荣安市的房价,这一套房子买下来,少说也上了三百万……"她举着三根手指头,小心翼翼地看一眼他的脸色,斟酌字句,"我们刚刚毕业,经济能力暂时还不够,况且买房结婚这些都是大事情,不要凭一时冲动。"

"结婚这种事情怎么可能是我一时冲动?"程北航又气又笑,松开顾尔尔环在自己腰间的双手,"我有钱,等环宇尾款过来,我可以一次性付全款购房,再说了顾尔尔,我不是三岁小孩子,我们结婚难道不是早晚的事情吗?"

良久,他敛了情绪,俯下身子凑近她。

温热的鼻息喷在她脸上,他的声音里带有危险的味道:"还是说,尔尔,你根本没有想过要跟我结婚?"

"北航,别闹了,你知道我不是这个意思。"顾尔尔别过头,不想就这个问题再跟他争执下去。

秦炜彤突然打来的电话刚好缓和两人之间略微尴尬的局面。

程北航抢先拿过手机，瞥一眼来电显示，这才递到她手里。

"炜彤？"

电话那边有"嘶嘶"的轻微风声传来，却迟迟没有等到对方的回应，顾尔尔重复了好几遍秦炜彤的名字，就在她怀疑是不是她不慎按了拨号键的时候，那边有隐约的低泣声一闪而过。

"炜彤，你没事吧？"顾尔尔一颗心提到了嗓子眼儿。

"嗯？尔尔……"大概是信号不大好的缘故，她的声音时远时近，"我没事啊，我跟你说……"

依旧是欢快无比的语调，刚刚那声啜泣像是一瞬间的幻听一样，顾尔尔摇了摇头，最近这段时间以来，她是有些太过敏感了吧。

秦炜彤在那次毕业聚会之后，便拖着行李回了家，说是在那边找了家贸易公司实习，想要借机学到一些经营方面的经验，好继续发展自己的微商事业，只是顾尔尔没想到，这还不到两个月时间，她再接到她的电话，她已经回来了。

顾尔尔没再和程北航争执，出了门和林嘉约着去接秦炜彤，帮她安置好行李之后，林嘉带着她们出去小聚。

古香古色的特色餐厅，装修华美精致，处处带着古代的风情，两侧的木架上整整齐齐地摆放了一整排的蜡烛，营造出影影绰绰的别致氛围。

秦炜彤捧着手机四处拍那些小摆件，还在盘算着如何将这些创意应用到她的微商事业中。

林嘉低着头听顾尔尔说程北航计划买房的事情，手指不自觉地用力，磕在盘子边缘上，好久才缓过来情绪，慢悠悠地开口："你这是身在福中不知福，既然他自己提出来买房的事情，那他肯定也有自己的想法，你得学着放下心来，把生活和自己交给他，你们在一起这么久，你应该比谁都清楚，他不是那种不负责任的人。"

"可是，他的公司才刚刚起步，以后肯定还有更多要面对的问题，不能因为颜姐的话，一时冲动就去买房，我担心他后边遇到别的什么事情。"

"放心吧，不会有事的。"

她一只手伸进包里摸索了半天，不动声色地递过一张卡到顾尔尔手里，语气里却满是玩笑的意味："再说了，有我小霸王林嘉罩着你们夫妻俩，怕什么？"边说这话边起身催促着秦炜彤坐回来吃饭。

"要是有人因为舍不得我受委屈要买房子给我，我二话不说直接跟他去扯证。"林嘉将汤舀在碗里，心不在焉地搅拌着。

这话刚刚说出来，便得到了顾尔尔和秦炜彤一致的鄙视："林大小姐，你缺房子吗？"

林嘉举起双手做投降状。

昏暗的灯光下，没有人注意到，她低头的那一瞬间眼角亮晶晶的泪痕。

顾尔尔终究没有接受林嘉那张卡。

这些年来大大小小的事情，林嘉没少帮她处理，而自己为她所能做的太有限，况且，这次完全是她同程北航之间的事情，总得自己去面对和解决。

从餐厅出来，天空已经沾染了墨色，有几颗隐约不清的星星挂在远处的楼顶，几乎完全被闪烁的灯光掩去了光芒。

马路对面的广告栏里正换上新的海报。

纯黑色的背景，映得少年脸色有些苍白，明明是沉睡的姿态，嘴角却勾出一抹狂妄不屑的笑意，晦暗不明的夜色里，倒有些像神秘的吸血鬼。

看来最近爆出的新闻对他也没有多大的影响。

"是齐沉！"秦炜彤一眼辨认出海报里的那张侧脸，转过身来对着两个人手舞足蹈，"要是他能来给我的网店做模特，我肯定能一夜暴富吧？"

她钩住顾尔尔和林嘉的脖子，后者成功躲开，伸手在她头上敲了一下，毫不留情地戳破她的幻想："首先，你需要拥有暴富的财力，才能请那个家伙做你的御用模特。"

"对哦，那我就要先拼命赚钱。"

林嘉白了她一眼："如果你拼命赚钱已经暴富了，还需要找他做模特吗？"

这种问题没有再争论的必要，秦炜彤看了顾尔尔一眼，干巴巴地"呵呵"笑了两声。

顾尔尔目光落在对面的海报上许久，直到有车在她身边停下来。

"尔尔，回家了。"

车窗打下来，露出程北航温和的笑容，他似乎已经忘了早上的不愉快，此刻心情不错，冲着她身后的秦炜彤和林嘉摆摆手。

顾尔尔跟她们招呼一声，转身上了车。

关于买房的事情，顾尔尔总觉得有些不安稳，踌躇半晌还是再提了出来："北航，买房的事情我们还是往后……"

"尔尔，"程北航开着车，语气里有些漫不经心，"我已经收到了环宇的一百万首款，我明天带你去看看，如果没问题，就买下来。"

"等到项目尾款过来，我就把这辆车还回去，我们自己买一辆新的。"

"尔尔，你得相信我，我不会让你受委屈。"他伸手握住她的手掌，微微用力，"我发誓，我们会越来越好的。"

感动之余，顾尔尔心里有些莫名的烦躁，她摇下一侧的车窗，很快便有干燥炙热的风涌进来，将她的长发吹得散乱。

林嘉说要她放心地将自己交到他手上，当真可以如此吗？

顾尔尔反握住他的手，没再多说什么，只是在他不注意的时候，将自己的简历挂在了求职网站上。

七年以来，她受尽程北航的维护，又颇得林嘉的庇护，在所有人都兵荒马乱的青春时期，她反倒处于岁月静好的安稳中专心写自己的剧本。

她一直不愿意迎合市场，固执地按照自己的风格和想法来创作，又不肯按照导演制片的想法加以修改，所以几年下来也没有取得什么大的成就。但无人问责于她，就像程北航曾经许诺，她只要做自己喜欢的事情就足够了。

可饶是没有经历过社会纷争，顾尔尔自然也知今非昔比，如今的环境远不如学校那般简明单纯，她不能就这么一直倚赖着程北航存活。

意外来得猝不及防。

顾尔尔同林嘉一起跟着程北航去看房子的时候，却被告知他看中的那套房子就在昨天刚刚被人付了全款直接购买。

比起林嘉和程北航满脸的不快，顾尔尔竟然觉得有一丝的庆幸。

"明明昨天已经约好了今天看房，现在你们跟我说房子已经卖出去了？"程北航突然提高的音量里有着明显的怒气。

售楼部的小姑娘为难地看了他一眼，但也只是生硬地道歉："先生，真的对不起。"

"对不起？"林嘉甩开拉扯着自己的顾尔尔，上前一步，目光直逼小姑娘，原本就高挑的身形加上八厘米的高跟，整个人的气势瞬间压倒对方一大截，"我们不需要道歉，你今天必须想办法解决这个问题。"

明明是不温不火的语气，却让小姑娘变了脸色。

这大概就是所谓的气场，顾尔尔默默地站在一边，放到她身上，不管占不占理，她永远都是一副温温糯糯的样子，大概这一辈子都不会有林嘉这样的气势。

"小姐，真的非常抱歉，"小姑娘立马软了语调，转过身去倒了茶水端上来，"购置婚房是喜事，为了这个生气可是得不偿失，要不您跟您先生商量下，看看是不是可以考虑下别的……"

"是我买房还是你买房？"依旧是凌厉的语气，但林嘉脸上划过一抹绯红。

她用余光悄悄瞥一眼程北航，见他没有什么反应，自己也就假装没有注意到售楼小姐对两个人关系的误解。

"我们就看上之前那套房子，"林嘉没有解释他们的关系，一副女主人的口吻，"我们可以开出更高的价格，你去找一个拿得定主意的人过来跟我谈！"

售楼小姐看她一副不罢休的样子，只好进去帮她找人出来。

顾尔尔凑过去劝林嘉："算了吧，我们没必要……"

程北航被顾尔尔温温糯糯的模样刺激，更是下定了决心要将这套房子争下来，林嘉朝他瞥一眼征询意见，他点了点头。

受到他鼓励的林嘉越发来了精神："尔尔，这件事情你不用管了，我说过，有我罩着你们，房子的事情包在我身上。"

隔了三五分钟之后，一个经理模样的人走过来。

"帮我联系房主，"林嘉坐在椅子上，把玩新做的指甲，头也不抬地开口，"这套房子我们也付全款，在原价的基础上再多出10%。"

"小姐，您这……"

"不卖！"

有人忽然出声打断，他将始末全部看在眼里，原本对这套房子没什么兴趣，现在倒很有兴致跟这两个自以为是的人争一争。

一众人回头。

瞥到来人嘴角熟悉的顽劣弧度，顾尔尔一时间有些错愕，几乎脱口而出："齐沉？"

他没有化妆，头发软软地耷拉着，少了镜头下的那种璀璨气息，穿着简单的黑色T恤，搭配最普通不过的破洞牛仔，整个人倒添了些许烟火气息，看上去更像是翘课出来的顽劣大男孩儿。

顾尔尔忽然想起自己一直以来在微博私信他的那些消息，即便知道他并不可能注意到数千万粉丝之一的她，也不会留意那些私信，但她还是忍不住有些慌乱，不自觉攥紧了衣角。

程北航眼中怒气更盛，扫了一眼顾尔尔，扣在她肩膀上的手加大了力度，刻意用力将她拢入自己怀里，再望向齐沉的眼神中夹杂着明显的敌意。

齐沉并不在意他的敌意，倒是像看到什么好笑的事情一样，颇不屑地勾了勾嘴角。

从顾尔尔身边经过的时候，他特意侧了侧头，投给她一个夹杂着嘲讽的淡淡笑容。

"顾尔尔……"

他低声重复一遍这个名字，眼角有微微浮动的异样情绪，有熟悉的轮廓和记忆里的身影缓缓重合。

所以，这个世界上大概真的是存在所谓的"命运"这回事的吧？

只是眼前这个人……

他低头，脸上浮过一抹略带遗憾的苦笑。

齐沉目光很快从程北航身上划过，径直走到林嘉面前，仍旧是传闻里让人头疼不已的桀骜狂妄模样："既然房子我已经买了，小姐又何必非要夺人所爱呢？更何况——"

他回头看一眼程北航用力拥着顾尔尔的动作，再对着林嘉开口时，语气里有了深意："你并不是女主人吧？"

他靠她很近，丝毫没有艺人对于绯闻该有的担忧。

林嘉怔了怔，像被戳破心事一样，脸色变得难看，小拇指的指甲因为用力生生折断，她几乎本能地朝程北航看过去。

顾尔尔并未察觉这其中涌动的暗流，不顾及程北航同样难看的脸色，从他臂弯里挣脱，冲过去将齐沉往后拖一步，然后横在他和林嘉之间试图缓和气氛："那个……既然你不愿意卖，那就算……"

"加20%。"程北航直勾勾地盯着顾尔尔，语气里多了几分怒意。

顾尔尔瞪大了眼睛。

这意味着他要加价七十多万。

她过去二十多年来所有的积蓄加在一起都没有这么多，买房这件事情本身对于现在还住在每个月四千块的出租房里的他们来说，本就无异于天方夜谭，而现在程北航竟随口加价七十多万，她也想不明白他何至于此，更不明白齐沉怎么也就偏偏这么固执地看中这么一套房子。

"不卖！"齐沉依旧是那副嚣张散漫的样子，不知道是不是故意，他挑着眉毛朝顾尔尔前边走了两步，刚好挡住程北航望向她的愤怒的目光。

程北航更是被激怒，上前两步绕过他，将顾尔尔拉回自己身后，"你开价？"

顾尔尔忍不住暗暗拽了拽他的衣角，即便齐沉愿意开价卖出，依照他们现在的经济状况，根本也没有办法去承担。

程北航丝毫不顾及她的暗示，反而微微用力将她的手一把甩开。

站在一边的齐沉将他们之间的小动作尽收眼底，嘴角的笑意越发浓重，很久之后才慢悠悠地开口："你们大概误会了，我买这套房子不是用来赚钱的……"

"是，你不缺这点儿钱，但你就真的这么缺这一套房子吗？"林嘉终于爆发，提高了声音同齐沉对峙，"齐大少，我今天也算是见识到了，你果然跟传闻里一样难缠又刻薄。"

看得出来,她试图借此引起周围人的注意,作为普通人倒没有什么,而公众人物一旦被人围观,免不了媒体借机生事,陷入舆论之中。

其实说到底,这整个事情原本就是他们这一方无理取闹,按说现在想要从对方手里拿到这套房子,就应该有拜托人的态度,可到了林嘉这里,反倒将对方置于不仁不义的境地,顾尔尔目睹了林嘉把无理变成有理的全过程,心里不由得有些羞愧。

"看来你挺关注我啊,那么……"他认真地看着林嘉,语气里却满是玩味,"为了证明我不是那么难缠刻薄,我转售这套房吧——"

他语调拖得很长,又转过脸刻意看了顾尔尔一眼,这个小动作让她心下一惊,有一种很强烈的不安预感。

"双倍房价,全款付清。"

听到这几个字的时候,顾尔尔忍不住倒吸一口气。在这个寸土寸金的城市里,一旦沾上房价,基本上都免不了要担上半辈子的贷款,而现在,眼前这个人就这么轻飘飘地提出了"双倍房价"的要求,这明显是想让他们知难而退。

顾尔尔脸色变得难看,她也看到程北航脸上的坚持褪却了一大半。

的确,这种条件只有钱多得花不出去的傻子才会答应下来,顾尔尔虽然从来没有将自己归到聪明人那一类,但她没有钱却是不容置疑的事实,她也不会容许程北航一时冲动应下这种条件。然而,她忽略了与程北航同一阵营的林嘉。

"好。"

林嘉起身,像在拍卖会上成功竞拍到一件绝世的艺术品那样,露出一个胜利者的得意微笑。

程北航朝林嘉勾了勾嘴角,但笑容并未漾及眼底,反倒有种无力的尴尬。

"程……"

顾尔尔抱着最后的希望想要劝阻,却被程北航打断:"尔尔,你信我!"

他好胜,又极在意面子,现在齐沉好不容易松了口,他断不可能这个时候说出反悔的话来。

顾尔尔终于绝望。

这一刻,她才深切地意识到,她同林嘉亲密关系之外的差距。

林嘉所处的世界不存在金钱困扰,她永远不必为生计发愁,不必为工作薪资忧心,甚至对于她而言,只要与钱有关的事情,反倒更容易解决,她永远都可以凭借自己的喜好同任何人叫板。

这也是她身上永远能散发出无惧无畏的强大气场的重要原因,一个人只有身后存在着坚不可摧的强大靠山,才能生出无惧无畏、藐视一切的底气。

　　顾尔尔不得不承认，在这一刻，她有些嫉妒林嘉了。

　　齐沉离开的时候看似不经意地别过头看了她一眼。
　　她总觉得那个眼神里有着别样的用意。

　　晚上，顾尔尔洗完澡出来，又顺手将一堆脏衣服丢进洗衣机，湿漉漉的长发披散下来，很快将背上打湿一片，她只好放下刷到一半的鞋子，打算先去找找吹风机。
　　程北航正在准备贷款的相关资料，见她出来，立马将她喊住："尔尔，你的剧本写得怎么样了？"
　　不由得脚步一顿，他向来不会过问她剧本的事情，她心下生出不好的预感，无意识地攥紧手里的毛巾。
　　"还在写啊。"顾尔尔僵了僵嘴角，尽力装作自然的样子，又觉得单薄，扯出微笑再补上一句，"最近总觉得不太满意，还打算把前边的推翻重新写。"
　　"是吗？"程北航将腿上的电脑移开，抬眼对上她的眼睛，"尔尔，你跟我说实话。"
　　顾尔尔没有看他的眼睛，别过头转移话题"我先去吹头发吧。"
　　程北航把她的手机递过去，冷了脸色："你告诉我，这是什么？"

顺着他的目光望过去，顾尔尔瞥到一个熟悉的地址：

荣安市新城区东四环中路 29 号 B 座 409。

发件人是天承影视传媒。

是面试通知。

顾尔尔想起来前几天她投简历的事情，天承影视的规模、待遇其实都还算不错，只不过她看到程北航难看的脸色，心里小小的雀跃立马被失落代替。

她并非有意瞒着他。

一直以来，她活在程北航的庇护照顾之下，这才能守着自己自以为是的小梦想，不去操持生计，也不用顾忌市场所需，按照自己的想法肆意去创作。而如今，又是因为她与颜姐的冲突，让程北航下定了决心坚持买房。

虽说他看好自己手头的项目，又和环宇合作，以后的路不会太难走，而她也从来不曾怀疑他的能力，但毕竟房价摆在眼前，这本就不是简单的请客吃饭这种开销，再加上他与齐沉的竞价，直接翻倍的金额任谁也不容易承担。

她没有林嘉那样的好家世帮他，但至少找一份工作，有稳定的收入帮他减轻一点负担也好。

但很明显，程北航并不这么觉得。

"尔尔，"见顾尔尔半天没有说话，他缓和了脸色，将她拉过来在自己身边坐下，接过她手里的毛巾慢慢帮她擦干头发，"你不是说过吗，不想要做职业编剧，说是那样思想会被限制。我知道，你不喜欢被那些条条框框所束缚，但是为什么现在突然要放弃梦想呢？我答应过你，永远不会让你勉强自己去做不愿意做的事情。"

她最喜欢他这样温和的语调，掺杂着理解与一些说不出的宠溺味道。

顾尔尔很快败下阵来，老老实实地将自己的顾虑和想法交代清楚。

"尔尔，齐沉算不得什么，总有一天我会超越他，你信不信我？"他的动作陡然停顿，不留神钩住几根发丝，拽得她生疼，她本能地皱了皱眉，然后朝他点了点头以作回答。

这样细微的动作落在程北航眼里，更像是迟疑。

他脸上温和的笑意和耐心忽然消散，伸手拿起她的手机，然后将那条短信删掉："面试不要去了，如果还投了别的简历，尽快撤回来。"

他的声音冰冰凉凉，听不出任何多余的情感。

顾尔尔觉得胸口像被什么东西堵住了一样，微微抬头看他，她想说她没有放弃梦想，想说自己努力一把，其实不见得不能在梦想与现实之间找到一个平衡点。

可是，在触及他目光的那一瞬间，她忽然觉得，这些大概都不必再说。

许久的沉默之后，她有些讨好般伸手，像个顽劣的孩子，将他嘴角往上扯："好啦，我知道你是为我好，我不去就是，程老板不要生气啦！"

他眼睑微微低垂，依旧是严肃的神色，俨然如家长的说教般，又带着点固执地许诺："我说过，我会养你，你不必为生计操持，更不必与外界周旋，你只需要陪在我身边，安心做好你的程太太就足够。"

顾尔尔从他手里拿回毛巾，身子站得挺直，像个乖乖学生般用力点了点头，然后双手撑上他的肩膀，在他嘴角轻轻一啄："小的谨遵程先生教诲！"

见他眼底浮现浅浅的笑意，她这才转身回去洗衣服。

这天夜里，顾尔尔失眠了。

窗外朦朦胧胧的灯光映出屋内摆设的轮廓，饮水机发出轻微的声响，这栋楼里隔音效果并不好，即便夜晚，也能清楚地听见楼下汽车疾驰而过的声音。

程北航已经沉沉睡去，在顾尔尔耳边发出均匀的呼吸声，借着晦暗的光亮,她依稀可以看见他深邃凝重的五官,即使在睡梦里,也透着倔强的倨傲。

她掀开毯子,小心翼翼地起身,接了一杯水站在窗边。

薄薄的夜色笼着林立的低矮楼层,对面人家挂在窗外的床单忘了收回去,一阵风吹过,飘飘然如同鬼魂出没。

她轻抿一口水,凉意顺着胸腔滑入胃里。

她曾在无数个深夜像这样起身独立,但大多数都是因为思考剧本的创作,现在回想过去的二十多年,她也经历过一些暗黑的坎坷,但更多的岁月里她都活得安稳肆意。

她性子里有难得的知足,几乎从不去思及余生,特别是在遇到程北航以后,他总会尽心尽力替她解决所有出现以及可能会出现的问题,他给了她一种依赖,让她觉得可靠。

可是不知道从什么时候开始,他们两个人之间好像有什么东西正在不知不觉中发生着变化,她心里常常觉得不安。

她可以按照他说的,放下心来做他的程太太,但是她根本不可能放着困顿的现实不管不顾。

手机屏幕在她脸上映出一小片光亮,她在通讯录里翻翻拣拣,终于找到一个号码,思索半天,最后还是发了消息过去。

顾尔尔一夜无眠,索性起了个大早做好早餐。

等到程北航离开之后,她换了衣服出门。

银迁市曾按照一比一的比例完整还原了历史保留下来的明清建筑,受到各剧组青睐,大多数古装剧选那里拍摄,每年也因此吸引大量游客,但大多不是为欣赏建筑,而是为追星。

算起来,银迁市距离这里并不算太远,往返大概共需要四个小时的车程,如果顺利,可以在程北航回家之前赶回来。

顾尔尔一边计划着,一边买票。

一路辗转。

影视城可供游客参观,以游客身份进入并不困难,但里边多是明清建筑,分为数宫数殿,而场内用来取景拍摄的宫殿直接关闭,有工作人员守在门外,拒绝游客围观。

顾尔尔心虚地靠近,不出所料立马被门口的两个大叔拦住:"小姑娘,你去别的地方转吧,这里今天有拍摄,暂时不对外开放。"

"我……找陈导。"听上去没有半点儿底气。

事实上,也的确如此,她其实跟导演并无多少交情,还是昨晚跟熟识的编剧打听到剧组消息,因为两个人经常交流剧本,时间久了倒也有几分情分,对方答应帮她托人打招呼。

只是眼下看面前两个人的表情,怕是连进门的机会都没有。

果然,见多了这种情况的守门大叔并不相信她的说辞,颇好笑地看着她:"一般小姑娘过来都会说是谁家的粉丝,运气好的碰上里边休息,也能远远看上几眼,你这倒好,直接说来找导演?"

"我……"

顾尔尔踮着脚探头,听不见里边的动静,只瞥到一边的小屋子,有几个人仰面躺在躺椅上休息,也不知道有没有真的睡着,连帽的衣服反着盖在身上,连脸都挡得严严实实。

大叔将她往外推,无奈的语气:"知不知道网上总被播出来的那些穿帮镜头,都是因为你们这些不懂事的小姑娘乱入……"

"我找齐沉!"顾尔尔无奈地坦白。

两个大叔相视一笑:"你这日程安排打听得倒准,不过……"

他们没有说出来,但顾尔尔看得明白,潜台词就是真不知道你们这些小姑娘被灌了什么迷魂汤,依齐沉那种脾气,肯见你们才有鬼。

顾尔尔做好了蹲守的准备。

"让她进来!"熟悉的声音传来,门内有人影闪动,紧接着露出一张年轻的脸,不知道他在剧中扮演什么样的角色,他穿一身厚重的盔甲,头发高高束起,透着凌厉桀骜的气质。

他随意朝顾尔尔的方向扫了一眼,顾尔尔忽然想起他那天离开之际看她的眼神,原来那时候他就已经料到她会找过来。

她没再多想，趁着大叔愣神之际一个侧身迅速进了门，却被齐沉拽住手臂，拎着领子往外移了两步，扳过她的头对着门外的大叔，似乎为了让门外人认脸一样，痞痞地笑着："女朋友探班，下次别拦着了。"

说完，像是为了证明一样，他微微俯身靠近，却不料想刚刚回过神来的顾尔尔扭头过来，意外地，他的嘴唇从她额头擦过。

温热清晰的触感。

顾尔尔一下子红了脸，顿时瞪大了眼睛，刚刚想要开口辩驳的声音就这么被堵在嗓子眼儿。

齐沉显然也没有料到，眼底闪过一瞬间的错愕，不过片刻间便消逝，他回头望一眼门外的大叔，嘴角玩味的笑意愈加浓重。

大叔也有些发愣。

齐沉"花花公子"的名声传播在外，流出来的那些与女演员的亲密照真真假假没人追究，但像这样温情寡淡的额头吻倒不像齐沉的作风。

他们并不相信眼前这个小姑娘真的就是像齐沉所说的"女朋友"，但若说是粉丝，依照齐沉的脾气，在片场接见粉丝这更是头一回，况且，前段时间传出的"'前女友'微博"事件风头尚未平息，再怎么样，他也总该收敛些。

大叔瞄了一眼顾尔尔，又看了看齐沉，一时间有些摸不着头脑。

凭借顾尔尔对齐沉的关注度，她自然也是想到了这些。

她看过那条霸占热搜的娱乐报道，齐沉的绯闻前女友舒晴，在深夜发长微博怒斥渣男的种种不堪行径，言辞颇为激烈，虽未指名道姓，但因为之前与齐沉传过绯闻，再加上微博配有他的图片，所有舆论自然全部指向他。

仔细追究的话，不难发现其中的种种疑点，只是，不知道出于何种原因，面对滔天的舆论，双方当事人都没有做出回应。

但她这个时候根本没有心情跟他讨论这些，她这次过来有着自己的目的："我……我有事情跟……"

顾尔尔还在纠结着要怎么开口，眼前忽然陷入一片黑暗。

齐沉顺手将原本拿在手里的外套扔到她脑袋上，又伸出一只手扭过她的头，像没听到她的话一样漫不经心地开口："进去再说。"

院子里有碎石铺成的小路，正中央是一池开得正盛的道具荷花，有工作人员正准备着拍摄所需的临时道具，现场看上去有些混乱。

"说吧。"齐沉在一处偏屋停下来，又躺回自己的躺椅，用外套将整张脸都遮住，声音有些懒懒的，"给你十分钟时间说服我。"

顾尔尔本来没有把握，但听他这话，意思是知道自己为了房价的事情而来？

她就这么站在他边上，暗暗揣测。

"我……"

本就是齐沉先买下了房子，偏偏他们非要逞强，应下以双倍价格将房子从他手中转购，现在又要来谈价格，顾尔尔到底有些不好意思开这口，迟疑了许久："我们上次在买房的时候见过面，我为我朋友上次的态度跟你道歉，真的很不好意思。"

她略微欠了欠身，也不顾对方蒙着脸根本看不见的事实。

"道完歉了？"他似乎快要睡着过去，迷迷糊糊地应着，"那你可以回去了。"

顾尔尔站在原地没有动，隔了好一会儿，她才慢吞吞地开口："我这次过来……想问问看……房价有没有商量的余地？"

不知道是不是他睡着了，好半天没有出声。

因为原本就理亏，又是来求人，顾尔尔也不敢催促，只好耐心地等着。

外面经过的工作人员时不时朝里边瞥一眼，探寻的眼光打量着守在齐沉旁边的陌生女孩子，然后几个人凑在一起低声议论几句。

果然，有齐沉的地方就有八卦。

"齐沉？"

依旧没有反应，顾尔尔小心翼翼上前两步，试着拿掉盖在他脸上的衣服："齐……"

"时间到了。"

他一把掀开衣服，将手机屏幕在她眼前晃了晃："十分钟，你没有说服我。"

眼看着他起身要走，顾尔尔急了："上次买房的事情，确实是你先买到手，我朋友执意争夺那套房子的做法有失妥当，虽然最后他答应以双倍房价从你手中转购，但是这样的交易并不公平，我为我朋友的冲动向你道歉，也希望我们能重新商量一个合适的价格。"

一口气说完，顾尔尔也不敢再抬头看他，只是红着脸默默挡在他身前等他表态。

"所以，其实你们并没有支付双倍房价的能力？"他似笑非笑地看着她，"是你男朋友逞强跟我争，现在却让自己女朋友出面善后？"

顾尔尔点点头，听到他后半句话的时候又坚决地摇了摇头。

齐沉也懒得计较她的反应，继续替她说穿："因为你们实在无法背负高额的房款，所以不得已之下只好找我，想要以一个相对便宜的价格从我手中拿走……我的房子。"

"可是，"他忽地逼近她，"你凭什么认为我会同意呢？仅仅因为你们穷，所以我就要牺牲到手的利益？"

一字一句，淡淡的语气，陈述一个不容置疑的事实，可顾尔尔却听出了嘲讽的意味，在她心里落下密密匝匝的疼痛。

她很想反驳，但是想到程北航要独自担负起高额的贷款，而唯一能够挽回眼下局面的，就只有面前的这个人。

"齐沉，我以为……你并不像传言里那样不近人情的……"

顾尔尔闭了闭眼睛，说出这句话的时候，她努力让自己把眼前这个人与多年前那个深情的小丑联系在一起。

她没有注意到，这句毫不起眼的话说出口的瞬间，他脸上玩味的笑容有片刻的停顿。

"好。"齐沉的口气软了下来，"我确实不缺那一套房子，所以——"

他拉长语调，又硬生生止住。

顾尔尔仿佛看到了希望，望着他的眼睛浮现亮晶晶的光芒。

"其实我可以把那套房子送给你。"他对上她的眼睛，却没有从她眼中捕捉到他预料之中的那种惊喜。

顾尔尔当然不相信他的这种说法，她从来不相信也从来不奢望从天而降的馅饼，更没有想过因为自己经济困难就去占任何人的便宜。

更何况，她总觉得他还有没说完的话。

果不其然，他绕到她身后，又微微低头，落在她耳边的声音里带着一抹狡黠："你知道我买那套房子是用来做什么的吗？"

顾尔尔不明所以地抬头看他。

"婚房。"

她忍不住瞪大了眼睛，这几年来，关于他的绯闻没有中断过，但是尚没有一个被承认的正牌女友，现在凭空说起婚讯，她断然是不肯相信的。

他很满意她现在的反应。

他伸手扶上她的双肩，声音低沉慵懒"我可以把婚房送给你。"

婚房不是用来结……

她一下子明白过来："齐沉你在说什……"

他看着她笑，手臂稍微用力将她往后推，在她身后两三步的地方便是他刚才休息的躺椅，她小腿撞在椅子边缘，整个人直直往后摔下去。

他没有松手，紧跟着欺身而上，双手撑在她耳边，将她困在身下。

顾尔尔被他突然的动作吓到，回过神来拼命用力，试图将他推开："你……你起来，齐沉……你是发疯了吗？"

"怎么，顾小姐不知道求人办事是要拿出点儿诚意来的吗？"

他距离她不过三厘米的距离，温热的呼吸喷在她脸上，有种淡淡的烟草气息，从她的角度可以看到他额头上薄薄的一层汗，"花花公子齐沉的名声在外传得还不够盛吗？你男朋友让你善后的时候就没有担心过现在这样？"他嘴角漾着嘲讽的笑，继续俯身靠近。

顾尔尔觉得自己一定是疯了，才会在这种时候还试图在他眼里找到当年少年的影子，然后她攥紧了拳头拼命挣扎。

他在距离她嘴唇只剩最后一厘米的时候，蓦地停下动作起身，嘴角依旧是纨绔子弟们特有的笑意。

终于逃脱。

顾尔尔也再顾不上房价的事情，几乎下意识就往门口方向冲过去，却被身后人一个用力拽了回去，他身上厚重的盔甲硌得她生疼，她没想到第一次与他正面打交道，就被这样轻薄和侮辱，通红的脸上泛着羞愤和气恼："松开！双倍房价我会一分不少还给你。"

他挑挑眉，一副对此完全不在意的样子，将她禁锢在胸前，低头间嘴唇落在她耳畔："等你后悔今天的决定了，记得回来找我，我们可以继续今天没有做完的事情，毕竟也算可怜，我又这么善良，不介意留一个机会给你。"

回去的途中，顾尔尔终究忍不住掉了眼泪。

关于齐沉的传闻她也听过不少，可是潜意识里她总觉得，在他桀骜纨绔的表现之后，他不为人知的心底深处，依旧是当年MV里那个深情倔强的少年，干净澄澈，有着这个世界上最为美好的一面。

六年以来，她默默地关注着他，眼看着他从默默无闻的路人一步一步走到今天，收获无数的掌声与赞美，也承受无数的职责与诋毁。

她花费六年时间创作剧本，他承载着自己的梦想。

可是，她没有想到，六年之后，她没能如愿以编剧的身份与他相见，没能同他一起将那个用心创作的故事搬上荧幕，而他，也没能坚守初心，没能不同于甲乙丙丁，终究还是湮没于喧嚣浮华的名利场之中。

她可笑的梦想，在还没来得及实现的时候就碎得四分五裂。

第三章

MINGZHONGZHUDING
SHUYUNI

你可以换一个男朋友呀

　　程北航回来的时候，也不过九点钟，家里却已经是一片漆黑。
　　"尔尔？"
　　他开了灯，看到床上窝成一小团的顾尔尔，忍不住拢着眉头低声呢喃："今天怎么睡这么早？"
　　顾尔尔一直喜欢在晚上研究剧本，从来没有早睡的习惯，同他住在一起之后，才在他的强烈要求下，慢慢改正熬夜的毛病，但这么多年养成的习惯自然不是一两天时间就可以完全改掉，所以即便他每天晚上逼着她早早上床，她也只是躺着发呆，等到很晚很晚才能慢慢睡过去。

九点钟入睡，这还是程北航第一次见到。

他有些不放心，探过去摸了摸她的额头，却注意到她通红的眼角："尔尔？"

顾尔尔根本就没有睡着，只是情绪还没有从中午的事情中缓过来，此刻听到程北航的温声软语，眼泪更是控制不住往下掉。

程北航不知道发生了什么事情，只得默默将她拥在怀里，一只手揉揉她的头发："怎么了，身体不舒服？还是……"他轻轻地笑了笑，"码字入戏太深？"

是啊，入戏太深。

梦想这件事情，从来都是一个人自导自演的独角戏。

她哭得更凶，伸手环上他的腰，将脑袋蹭在他胸前，鼻涕眼泪将他的衬衫糊成一团，随口编了个理由："胃痛。"

"下午又没吃饭？"

他语气里带有淡淡的责备，然后将她松开，端过来一杯热水："把它喝干净了，我下去买饭。"

一直看着她将杯子里的水都喝掉，程北航这才拿了钥匙又朝门外走："尔尔，你想吃什么？"

不等她回答，他又笑着接上一句："算了，你胃不舒服，暂时就先不要挑了，我去买些清淡的东西。"

顾尔尔在程北航的看护下，将一碗清粥喝得见了底。

他的电话响起来，程北航瞥一眼屏幕，不自觉皱了皱眉头，察觉到顾尔尔的目光，他将手机递过去给她看："是林嘉。"

"接啊，这么晚了找你肯定是有什么事。"顾尔尔拿起一颗水煮蛋，头也不抬地说。

程北航按了免提。

连多余的客套都没有，林嘉直接开口："我在你公司，程北航你现在过来一趟，别告诉……"

别告诉尔尔。

只是还没说出来，她的声音戛然而止，程北航挂断电话的那一瞬间，气氛突然陷入短暂的沉默。

顾尔尔抬眼看了看他，其实她并没有注意到后半句，只是对于程北航突然挂断电话的动作有些不解。

程北航却以为被顾尔尔误会："我跟林家在生意上并没有来往，她这个时候要我去公司也没道理，应该没有什么事情。"

"你去吧，林嘉不是那种喜欢恶作剧的姑娘，万一真的有什么事情呢？"

在顾尔尔的一再催促下，他才终于起身拿一件外套披在她身上："走吧。"

顾尔尔有些莫名其妙："我又不懂生意上的事情，过去也做不了什么啊？"

"一个负责任的男人，不会避开自己的女朋友在晚上单独去与异性见面。"程北航笑着凑近，指腹滑过她的眼角，"尔尔，你也是。"

她心脏莫名抽搐了一下，拍了一下他的肩膀，岔开话题："林嘉又不是别人，她可是我最好的朋友，她还能把你拐走不成？"

她将他推出门外："快去吧！"

接近夜里十一点。

程北航赶到公司，林嘉正坐在办公室里的小沙发上，不知道是不是空调温度打得太低的缘故，她的身体微微蜷曲，眉头轻轻扭在一起，认真思考的侧影在昏暗的光影下显得静谧安宁。

到底还是一个女孩子，除却用错的感情以外，她其实也并没有什么过错。

他隔着一扇玻璃门，默默地看着里边的身影，有那么一瞬间，他心底忽然生出几分愧疚不安。

石辉看到门外的来人，立马像见到救星一样冲出去："北航哥，环宇那边今天有消息过来，说是需要检测源码的规范性，你记得回复下他们。"说完，又朝林嘉的方向瞥一眼，"林嘉姐来这儿等了大半天，是不是还想谈林家拓展游戏市场的事情？你快进去吧，我先回去。"

他将手里的一串钥匙丢到他手上，背对着他挥了挥手离开。

"女孩子大晚上还是不要往外边跑比较好。"程北航推门进去，将钥匙放在桌子上，伸手按下电脑开机键，他还是淡淡的语气，但难得地褪却了往日的冰冷。

林嘉从沙发上起身看着程北航，眼底不自觉浮现浅浅的光芒。

"说吧，找我过来有什么事情？"他没有抬头，低垂的目光染上电脑屏幕中的浅蓝色，辨不清神色。

"我……"林嘉嘴唇动了动，莫名地有些紧张。

他双手划过键盘，发出噼里啪啦的声音，专注的神情似乎容不得任何人打扰，许久没有听到她的回应，他微微抬眼朝她看一眼"嗯？"

她深深吸一口气，松开不停绞着衣襟的双手："买房的事情，我可以帮你。"

"谢谢，不用。"

意料之中的拒绝。

她并不气馁，继续劝说："齐沉开出双倍房价，这笔钱可不是一个小数目，我知道你有贷款的打算，但是就算这样，依你和尔尔现在的经济状况，你们往后许多年都得背着这笔债。"

程北航依然盯着屏幕，一句话也不说。

"你可能觉得现在和环宇科技合作，凭借你自己的能力，很快就能还清贷款，但是程北航，商场上的事情都是有风险的，你可以守着自己的梦想不顾输赢，但是尔尔呢？你想过吗，一旦你们两个人结婚，你所要承担的便是一个家庭，你有没有想过，尔尔要陪你一起负担这些压力？"

"尔尔？"他停下手中的动作，直直看着林嘉，似乎要将她的心思全部看穿一般，"你要是顾及尔尔，就不该大晚上把她的男朋友叫过来跟你单独见面。"

"我……"她涨红了脸，"我不是这个意思，避开尔尔是因为我不想让她多想，我不想让她因为房子的事情心烦，不想让她担心钱的问题……"

林嘉说得有些混乱，不知道该怎么解释。

"林嘉，你是不是觉得很有成就感？"程北航忽然提高了音量，满是讥讽的语气，"一套价钱翻倍的房子，就可以将我和顾尔尔困起来，但对你而言，不过是撒个娇就可以解决的问题，别说双倍房价，就是三倍四倍对你来说都不算什么。有林江生替你扛着所有的事情，所以想要主宰一切，想要连我和尔尔的生活都干涉进来。"

他忽然逼近她，嘴角勾起意味不明的笑："林嘉，掌控一切的感觉，很好吗？"

"不是这样的！"她急得提高了音量，眼睛里却已经蒙上了一层薄薄的水雾，"我从来没有这样想过，我只是希望你们可以过得好一点儿。"

争吵声引来几个加班的同事，在门口望了两眼，对上程北航冰冷的眼神，到了嘴边的劝慰又咽了回去，只好假装毫不知情退回去工作。

许久的沉默。

等到激动的情绪都平复下来，林嘉站在他面前，放下之前所有对感情的伪装，眼里的温柔炽热不加任何掩饰，语气里都染上坦诚的卑微："程北航，我和你，和尔尔认识七年，不管你信不信，我对你们的感情都是真的，也从来没有想过要从你们这里得到什么，更没有想过要你们分开。

"所以，程北航，你能不能放下你的骄傲，也放下对我的防备。"她上前一步对上他的眼睛，"你知道吗，能动摇你的梦想，你们的感情的，从来都只有你自己，而不是所谓权势或是金钱，更不是我？"

他别过头，坐回椅子上，不想再同她争吵，声音里透着疲惫："今天的事情就当没有发生过，你回去吧。"

车门打开，林江生一眼便看到妹妹哭过的眼睛。

她对程北航的用心，他一直都看在眼里，他想不明白自小被一家人放在掌心里疼爱的小公主，怎么偏偏就为了一个对自己没有半分念想的人自讨苦吃。

既不表明心意，也不肯松手罢休。

每次暗中想办法帮他，还得瞒着不让他发觉，这般心思，自小到大他都没有见过她对别的什么人或事这么用过心。

"吵架了？"他递过纸巾，"嘉嘉，哥不是要干预你的感情，只是，但凡你将对程北航的心意分出来万分之一给晋白，你大可以比现在过得幸福得多……"

余晋白同林嘉一起长大，而他对于林嘉的心思，更是整个林家都看在眼里，明明那么温和优秀的人，到了林嘉这里却偏偏不及程北航半分。

"哥，"林嘉擦一把眼泪，将他打断，"要你把对嫂子的心意放在尔尔身上，你做得到吗？"

林江生不说话了。

"你之前要我拿出一部分投资给他，既然他不接受，要不就换一种办法？"林江生侧过头看一眼妹妹。

林嘉怎么会不明白他的意思？

先礼后兵。

这是林江生一向的手段。

既然程北航不愿意接受帮助，那不如就给他痛击，等他觉得痛了，自然不得不示弱接受他的帮助。

"哥，我知道你是为了我好，但是这件事情你就不要干预了。"

车子疾驰而去，林江生发出一声重重的叹息。

人生有七苦，生老病死，怨憎会，爱别离，还有，求不得。

其实这个世界上每个人都是平等的，无论你有怎样的家世背景，有怎样为人所称道的天赋或殊荣，但总会有什么出现，成为你安好年岁中避之不及的劫难。

七夕那天，程北航一大早去环宇商量筹备游戏上市的事情。

他不在的空当，顾尔尔偷偷把自己手头一个未完成的小剧本私下转手给了同行。

她其实怎么也没有料想到，毕业以来的第一笔收入竟然是来源于这样不光彩的交易。

可是，如今正面对高额的房价，程北航倔强，坚持自己一个人死撑着筹钱，也不许她出去找工作，而她去找齐沉商议价格的事情也以失败告终。

她真的没有办法安心地宅在家里，除了眼下这样，再想不到别的办法。

"没事的尔尔,你别太担心了,一切都会好起来的。"秦炜彤放下手里修到一半的产品样图,轻轻抱了抱顾尔尔安慰。

"其实我也没好到哪里去,你看,按照传统狂刷朋友圈等各类社交平台的方法来推销产品,根本没有多少交易量,反倒容易让潜在客户滋生反感。"说着她将电脑推过去给她看,成交数量少得可怜,而且总体呈下滑趋势。

虽然有点儿不厚道,但不得不承认,最好的安慰不是猛灌鸡汤,而是将同样困顿的处境摆给对方看。

顾尔尔反握住秦炜彤的手,勉强地笑了笑。

"我现在正在想一个新的办法,"秦炜彤又恢复了以往的热情,仰着脸笑眯眯地开始讲自己的想法,"我打算跟一些清新文艺的知名博主取得联系,着手拍摄同类风格的微视频为产品做软广,到了后期可以自己经营一些营销平台……这是初步想法,具体的细节我还要再多考虑考虑。"

"当然,有一天要是可以跟齐沉之类的挂上钩,我大概离一夜暴富的梦想又近了一步……"秦炜彤乐呵呵地瞅着屏幕上齐沉的写真,笑着沉入幻想。

顾尔尔无奈地拍了拍她的脑袋,想到那天去找齐沉的场景,却怎么也笑不出来。

程北航的电话打断了她的思绪。

"尔尔,"他诧异的语气里有一点点不易察觉的质疑,"今天齐沉的助理打电话过来,说是愿意将房子恢复原价转售。"

顾尔尔愣了愣,竟然莫名有点想哭,她就知道,六年前那个少年无论再怎么张牙舞爪,都一定只是他扰乱视听的伪装,在他心底深处,依旧还是最开始的模样。

她尽量不让他察觉到自己异样的情绪:"真的吗?这样我们就……"

"尔尔,你知道这是怎么回事吗?"程北航并没有预想中的激动,语气里倒有几分冰冷。他不关注娱乐圈的事情,也不了解齐沉的性格,但那天齐沉跋扈的态度已经将这场竞争视作两个人的较量,他绝不可能无端地好心恢复原价。

通话陷入短暂的沉默,像以一种奇怪的方式相互对峙着。

顾尔尔听见那边有人在不停催促程北航,好半天之后,他沉下声音:"算了,尔尔。"

"嘟"的一声,电话被挂断。

这样冰冷机械的声音,好像就此成了他们整个生活的一个分水岭,很多年以后,顾尔尔再听到这种冰冷的声音,都还会忍不住攥紧拳头,似乎这样用力就能给自己一个支撑。

那天夜里，顾尔尔睡了一觉醒来，床边仍然空空没有人影，她起身瞥了一眼时间，已经接近深夜四点钟。

程北航忙于公司的事情，加班到深夜这种事情并不少见，但平日里无论多晚，他总会赶回来，从来没有彻夜不归这种情况。

"北航？"顾尔尔朝着客厅喊了一声，没有任何回应。

家里没人。

她披了件外套往外走，顺手拨通他的电话，但一直是无人接听状态，她越来越觉得心里空落落的，有些克制不住的慌乱。

程北航不在身边，她竟然连一点儿主意都没有，最后打电话给林嘉的时候，声音都变了："程北航到现在都没有回来，我担心他出什么事情。"

林嘉正睡得迷迷糊糊，听到顾尔尔的说辞，一下子没了睡意："尔尔，你先别着急，我先打电话给石辉问问情况。"

顾尔尔这才发现，她一直活在程北航的庇护之下，却也从来被摒除在他的世界以外，一旦离开他，她几乎就如同手无寸铁的绝对弱者。

半个小时后，林嘉带着顾尔尔在公司看到了程北航。

整层楼空无一人，寂静得可怕，办公室没有开灯，空调温度开得极低，满室都是冰冷的气息。外面的灯光从窗户透进来，影影绰绰间映着黑色的人影，他仰面靠在椅子上，半边身子淹没在黑暗里一动不动。

顾尔尔走进去，轻轻唤他："北航？"

他眼皮动了一下，似乎在用力压制着自己的情绪，久久没有出声。

她慢慢靠近，握住他冷冰冰的手，却始终说不出安慰的话来，只有温热的眼泪大颗大颗滚落在他手上。

他转过头来，在黑暗中环住她的腰际，拳头一点点地收紧。

是和环宇科技的合作出了问题。

程北航在跟盛纪谈合作的时候，对何盛所表现的态度极为不满，所以对叶环琪的知遇颇为感激，一度将她视作自己的伯乐，连带着对环宇科技都极具好感和信任。

可如今看来，环宇科技并不比盛纪好心。

原本谈好的合作开发游戏，直到今天程北航才知道，他们的《倾世爵战》已经完全被环宇买断。

程北航自然去翻出当时签订的合同来与其对质。可当着环宇律师团的面，程北航这才注意到合同附注中有关于对《倾世爵战》的游戏版权另见附件的声明。

而这份证明游戏归环宇买断的附件，程北航签订合同当日根本没有见过。

介于他当时对叶环琪的感激和放心，在签订合同时他甚至根本没有警惕心，也并未对其中的条款细心查看。

　　却不想偏偏就真的在这个环节出了问题。

　　按照合同条款，不仅《倾世爵战》版权全部归环宇所有，甚至包括程北航在内的整个游戏团队，有责任在合同期限内，为环宇负责游戏的开发运营，以及全面的技术支持和代码维护。

　　而之前所付给程北航的所谓首款，其实根本就是买断游戏的定金。

　　他一时不慎，便将自己的梦想和整个团队全部赔付于环宇科技的阴谋手段之中，眼看着自己一步一步建立起来的事业一夜之间悉数尽毁，程北航整个人几近崩溃。

　　"我们可以走法律程序。"林嘉看不下去，推门进来摸索着开了灯。

　　突如其来的光亮，刺得人有些睁不开眼睛。

　　顾尔尔望向林嘉的眼神里充满了希望，可程北航冷冷地笑了："事到如今你还看不清楚吗？环宇摆明了做好的局，我这么一个小公司，拿什么去对抗他们强大的律师团？"

　　"就没有什么办法了吗？"顾尔尔低低呢喃。

　　"还能有什么办法？要么，我带着石辉他们去给环宇办事；

要么，按照合同赔付三倍定金作为违约金。"

"我们赔违约金，拿回你的游戏，另找合作方重新开始。"顾尔尔抬眼看他。

"不可能，游戏根本拿不回来了，他们一早就计划好的，所有资料在他那里都已经存了备份。"程北航颓然地笑着起身，望着在黎明中沉睡的整座城市，心下忽然清明，"何盛说得对，商业不是做慈善，像我们这种刚从学校出来的人，根本不知晓商场上的钩心斗角，不知道他们拼得你死我活的手腕。"

林嘉看不过他这般了无生气的样子，也不顾及顾尔尔在场，直接走过来站在他面前："你在胡说什么？程北航你见过哪个创业的人一路走过来顺顺利利了？一个环宇就把你打垮了吗……"

程北航嘴角抿成一条线，用力拂开林嘉的手，侧过身子没有说话。

林嘉跟过去："程北航，你不能跟环宇的律师对抗，但是还有我们啊，我可以帮你找律师，这件事情我想办法处理……"

"你懂个屁啊！"程北航像被触及雷点，整个人正处在爆发的边缘，紧紧攥起的拳头暴起分明的青筋，"你知道我怎么看人脸色的吗？你知道我怎么带着一个团队通宵赶游戏的吗？你一个饭来张口衣来伸手的大小姐有什么资格跟我说这些话？"

顾尔尔冲过去挡在两个人之间，却被程北航一把推开。

"林嘉你别以为我不知道你打的什么算盘？"他恶狠狠地对着她，"环宇的事情不见得跟你没有关系，谁知道是不是你让林江生背地里教唆的环宇？"

林嘉抬眼望过去，却在他的眼睛里找不到一丁点儿温度，他像是已经失去了理智，目光薄凉一片，嘴角有过分明显的嘲讽："凌驾于别人之上真的就有那么好玩吗，我的林家大小姐？"

林嘉像被冬日里的一盆冰水淋过，僵硬地立在原地。

她知道自己在程北航心中并无位置，却不曾料想，原来在他眼里她一直是这样的人。

在一个人心里要多么没有分量，才会被这般轻易就可怀疑，更何况，他们毕竟相识七年。

顾尔尔并不知晓他们那晚的争吵，只觉得程北航的态度太过偏激，轻轻拉了下林嘉示意她不要同他计较，又转过身去劝慰程北航。

隔了很久，林嘉缓缓地笑了，神色中却满是悲寂，有薄薄的水雾在眼眶中氤氲开来，她声音平静："程北航，我说过，我对你……"

她突然吸了一口气，头微微上仰，似乎生怕眼泪掉下来一样："我对你们的感情都是真的，那天跟你说的话你为什么都不肯相信呢?"

她伸手从包里拿出手机,拨通一个电话:"我们来跟我哥对质可以吗?"

程北航站在窗边一动不动。

手机里一遍一遍传来"您所拨打的用户已关机"的提示声。

随着程北航一寸寸变冷的脸色,林嘉焦急的神色越来越难以掩饰。

顾尔尔看着眼前难以收场的局面,有些手足无措。

"够了。"程北航的耐心终于尽失。

林嘉还在解释,声音里已经有明显的哭腔。

那时候她还不明白,解释这种东西从来都是给愿意相信的人的,而对于本就不存在信任的人而言,事实究竟如何根本不重要,他们只按照自己的揣测去相信愿意相信的。

更何况,事到如今,环宇的这场阴谋,程北航心里比任何人都清楚不过,他只是不愿意承认,这么愚蠢的错误完全是由被称作天才的自己一手酿成,他需要一个替罪者来替他承担错误,好给自己寻找一个发泄的出口。

10月份的第一场雨落地,已经透着隐隐的凉意。

顾尔尔躺在床上,默默地看着天空从漆黑一点点变成阴鸷的灰白色，淅淅沥沥的雨声落在心里，晕开一大片雾气。

她的生活已经完全变了样。

程北航的心血付之一炬，他整日将自己关在房间里与酒为伴，不分昼夜地陷入睡眠，任凭顾尔尔怎么劝都无济于事。

她心里也清楚，且不说他一直不愿居于人下，一心想发展自己的游戏公司，单是环宇这次玩弄手段设局，就让他心里生出绝对的厌恶，以他的骄傲，断然不肯与他们为伍，不可能就此甘心归于环宇麾下。

即便拿不回游戏，她也得让程北航从这场局中脱身，这样才有再重新开始的机会。

可是如果不执行合约条例……

除却返还定金之外，还要赔付违约金，而之前买房所用的钱，除去定金以外，其余部分都是借贷筹集而来。

面对着这一大笔的债务，顾尔尔无比头疼地揉了揉眉心，她忽然有些能理解那些不堪负债而轻生的人。

她原本就没什么大的出息，只希望过简简单单的生活，从来没有想过会有一天需要思考偿还上百万债务的问题，那几个数字现在如同梦魇一样如影随形，逼得她绝望，这样下去，她后半生便只剩还款，再无别的任何意义。

一声沉重的叹息落在雨中。

程北航喝过酒又沉沉睡了过去。

顾尔尔蹲在床边端详着面前的男子,因为喝多酒的缘故,他的眼窝周围有些泛红,乱糟糟的头发遮住眉毛,下巴上有一层青青的胡楂,呼吸间满是酒气,完全没有分毫从前风度翩翩的样子。可明明他曾站在人群中央光芒万丈,也曾信誓旦旦要护她周全。

如果毁掉梦想,他就什么也不是了。

她不能眼睁睁地看着他就这么被环宇一举击败。

起身帮他盖好毯子,顾尔尔看一眼时间,抱着电脑去了客厅。

前几天她再一次投过简历出去,到今天为止收到了两家公司的回应,她看了看短信里的面试通知,不自觉朝卧室方向望了一眼。

上次他还因为自己私自投简历找工作的事情生过气,但如今的情形,根本容不得她有别的选择。

顾尔尔洗了一把脸,意识清醒过来,不再去胡思乱想。

她回复了短信约好面试时间,再跟熟识的编剧商量了转售剧本的价格,这几年来有过不少机会将手里的剧本投入拍摄,但她太过固执,有些因为不肯按照对方的要求加以修改,有些是因为自己觉得不够满意,她总想要将自己的作品做得更加完美一些。

可到头来,竟落得要将它们变卖的地步。

饶是如此,距离他们所要偿还的债务还差得多。

如果，取消买房呢？

顾尔尔翻出微博里那个熟悉的头像，首页里还满是与他有关的绯闻。

继上次"前女友"舒晴深夜发长微博疑似怒斥齐沉渣男之后，这次又有网友扒出他与神秘女子的深夜暧昧短信，以及事后又狠心甩掉对方的微信截图。

自齐沉出现在大众视线以来，多的是关于他脾气暴躁、桀骜张扬、自以为是之类的传言，也常有好事的网友截取一些所谓的"证据"来曝他与女星之间的绯闻，久而久之他便被冠上了"花花公子"这一头衔，但圈内稍微有点儿名气的都躲不过这种传闻，大家也就看看热闹罢了，两三天的热度之后自然风平浪静，没有人会真的去计较。

而这次不一样。

先是传闻里的"前女友"舒晴正面发声，又挂着他的照片，继而又被拍到齐沉手机里的聊天记录，这是第一次传出这么直接的证明。

一旦被冠以"渣男"的名号，就已经不同于小打小闹的"绯闻"，而是将他推向了道德层面的风口浪尖，可偏偏当事人迟迟未能发声，包括齐沉所在的公司都没有关于此事的任何澄清声明，截止到这天早上,也还是在发齐沉即将发布新专辑的消息,似乎并未受传闻的任何影响。

而网上已经沸腾一片,几乎所有人都统一了立场,拿着几张微博截图破口大骂,言辞激烈,大有恨不得将其碎尸万段之势。

向来如此,我们总习惯隔着屏幕化身为正义之士,站在道德的制高点对所谓"道德败坏者"口诛笔伐,又或者习惯性附和,在滔天的舆论中争相发声,却忘记回归事实理性思考。

顾尔尔退出微博,对着手机上的号码犹豫了很久。

原本一开始非要从他手中抢那套房子回来就已经理亏,上次又厚着脸皮要他降低房价,这次若再去找他取消购房的事情,这种出尔反尔的事情放在任何人面前都不会接受,更何况眼下的情形,无论舆论是否属实,都明摆着不适合这个时候去找他。

可是,若不能支付环宇的违约金,程北航又会怎么样呢?

顾尔尔整理好面试所需要的资料,窝在沙发上赶了一晚上的剧本,在天亮之际把手中最新的剧本发了出去。

雨势未减,天空阴沉得厉害。

她咬了咬牙,起身洗漱后换了衣服出门。

与想象中不同的是,那个人并没有面对铺天盖地的流言蜚语时应该有的慌乱和焦躁，她甚至在他脸上连一点儿低落的情绪都找不到，他还是往日里张扬肆意的模样。

他穿一件松松垮垮的棉质衬衫，脚下踩着一双黑色的拖鞋，捧着白色的马克杯斜倚在阳台边，不知道是不是刚刚睡醒，他的头发有些凌乱，一双眼睛微微眯起来。

不同于以往荧幕上的装束，倒衬得整个人有种随性的落拓。

恍惚之间，顾尔尔在他身上看到程北航的影子，若非受挫，他眼底也总有着同他极相似的骄傲，望着便让人无端着迷。

"看够了吗？"

不知什么时候他已站在她身前，跋扈的笑容里带着点轻微的不耐烦，见她回过神来，颇有兴趣地盯着她的脸："怎么，上次的事情想明白了，这次来打算以身相许？"

顾尔尔原本担心受舆论影响，他若是情绪不佳，自己再怎么厚脸皮也不好直接开口说取消购房的事情，现在看到他这副样子，反倒没了顾虑。

"如果……"她深吸一口气，攥紧拳头，"齐沉，如果我说我们不想要买你手里那套房子了，可以吗？"

他愣了愣，然后缓缓喝了一口水，转过身坐在沙发上："是你不想买，还是你们不想买？"

顾尔尔默了默，有些着急："到底可不可以？"

"你不想买的话，可以；你们不想买的话，你得让当初跟我抢房子的人来跟我说。"他指了指沙发，对着她点了点头，"坐啊，要喝东西吗？"

她站在原地没有动，猜不到他这话背后又会有对她怎样的为难："那……是我不想买了，齐沉，真的很抱歉，我们现在遇到了一些困难，所以……我知道这样出尔反尔不好，但是真的，我现在也已经没有别的办法了，只要你能同意取消转售，以后有什么我可以帮得上的，我一定尽力，或者等过些时候我有钱了，再支付一部分房款作为赔偿给你可以吗？"

"你要不要喝点儿东西？"他没有理会她的话，径自起身打开柜子翻起来。

顾尔尔没有心情跟他纠缠，急得扬了声调："我什么都不喝，你能不能快点儿跟我说正经事？"

"可以。"

他颓然地放下手里的东西，走过来在她身边坐下，看了看她皱成一团的眉头："我以为上次已经表达得很清楚了，不是说过了吗？婚房——"

他刻意拉长了尾调，嘴角涌现意味不明的笑意："送你，所以现在也不存在买不买的问题，明白了？"

顾尔尔快要被气得崩溃："我是说真的，齐沉我没有时间跟你在这里开玩笑。就像上次一样，你明明没有恶意，为什么就不能正常一点儿跟人沟通呢？背负骂名的感觉就很好吗？"

"你怎么就确定我没有恶意？"他一只手绕到她身后，轻轻环上她的腰际，故意靠她很近，"你觉得自己跟外面那些人都不一样？觉得自己很了解我？"

顾尔尔一把拂开他的手，后退两步坐到另一边的沙发上，想到这些天来接二连三发生的事情，她头疼不已，可看如今程北航的状况，她只能一个人想办法筹集给环宇的违约金。

她低头看一眼时间，面试就安排在下午两点，她的思绪已经乱成一团。

偏偏齐沉一再为难，她只想甩了脸色离开，但想到眼下的情形，她快要哭出来："到底要怎么样，你才能同意取消购房的交易呢？"

齐沉朝她扫一眼，眼看着她濒临爆发，继续俯身靠近，故意忽视她的状态，继续自己的话题："我还是很好奇顾小姐究竟有多了解我？还是说，你也是我的粉丝，所以想借机引起我的注意？"

"我……"她对上齐沉的眼睛，自己却红了眼眶，"你是不是非要消磨掉所有人对你的好感才肯罢休？"

不等他说话，她仰着脸抹了抹眼角："你现在生活安稳，事业顺心,所以有时间也有心情以逗弄为难我为趣,但是齐沉,你知道吗,对你来说可以随随便便说送人的房子,在我这里……"

"就在我两次找你的这段时间里,我的生活乱成了一团,我男朋友被合作公司设计,不得已背负了一大笔债务,一夜之间梦想全毁,原本我们计划装修好房子就结婚,我可以继续安安稳稳地写我的剧本,可是现在呢?这些全部都被推翻,我不仅将自己这几年来的作品全部转售,还要重新去找一份工作养家糊口还贷款……"

这些天的委屈全部说出来,她一下子感觉轻松了许多。

"哦。"

看到她这副经不起打击的样子,他其实有点儿失望,还有一些……他自己也说不清楚的感觉,但表面上他依旧是一副无动于衷的样子,只是轻轻地点了点头:"这些天不见,顾小姐还是喜欢用自己糟糕的处境去博得别人的同情,因为你需要帮助,所以我就该提供给你帮助?"

顾尔尔想辩驳,他深深看了她一眼:"还有,按照你的说法,也就是说如果你男朋友没有出事,你就可以安稳创作?但你有没有想过,这种安稳根本是完全由另一个人支撑的,一旦对方被击垮,你自然再无立足之地。所以落得如今这般令你手足无措的地步,说得不客气点,其实也不过是早晚的事情。"

她呆呆地愣在原地，有那么一瞬间好像忽然意识到了一些什么事情，那些念头一闪而过，她也没有精力深究。

"当然，"他笑着看她，又恢复不正经的样子，"按照顾小姐的三观，其实你根本不用来找我谈房子的事情，眼下就有一个最好的办法可以直接解决所有问题。"

顾尔尔不明所以地望向他。

"换一个男朋友啊，"他整了整衣襟站定，笑意分明，"这样就不用再背负债务，房子和婚礼也都有了，你依然可以打着坚持梦想的幌子，继续'安稳'地做一只不食人间烟火的寄生虫。"

他没再说话，起身泡一杯咖啡放在她面前，然后将窗户全部打开，咖啡浓郁的香气在潮湿的空气中氤氲开来。

隔了很久，她一句话不说，忽然便往门外走去。他三两步追过去，也没有说话，只是将雨伞塞到她手里。

室内恢复一片寂静，淅淅沥沥的雨点落在玻璃上，汇成一小股水流汩汩而下。

他背对着窗户，盯着微博一则私信的空白对话框，许久之后，缓缓勾了勾嘴角。

第四章

我们以后好好的，好吗

"顾小姐，您简历上所写的专业是影视文学，我想知道您为什么会选择应聘我们的文案策划这个职位？"中年男子放下手中的简历抬头看一眼顾尔尔。

"我……"

说起来，这是顾尔尔毕业以来第一次参加面试，她放在桌下的双手绞在一起，想尽量让自己看上去没那么紧张，情急之下想到刚刚在外面看到的公司业务简介。

"我对商贸行业一直比较感兴趣，大学期间也参加过相关的见习活动，虽然所学专业与该职位不相符，但是我觉得在创意等方面也还是有共通点的,我希望能通过这个机会进一步了解这个行业,也会尽自己最大的努力……"顾尔尔胡乱编造着理由。

对方笑了笑不置可否,接着又问了几个问题之后递过来一张表格:"麻烦顾小姐填下这些信息,等下我会安排吴主任带你去了解下公司基础业务,可能会有些辛苦。"

"没关系没关系。"

顾尔尔松了一口气。

出了办公室,她默默打量着整间公司的构造布局。

灯光有些晦暗,前台两个年轻的小姑娘低头各自刷着手机,身边的小音响放着嘈杂的外文歌曲,顾尔尔环顾四周没有看到想象中的办公团队,其他几间办公室都关着门,看不清楚里边的情形。

虽然通过了面试,但按照他们的安排流程,这么仓促就要直接带去了解公司业务,顾尔尔总觉得有些不安。

她摇了摇头,按照她和程北航如今的状况,找到工作能确保收入来源就已经是万幸,她哪里还有资格去挑剔!

顾尔尔等了很久。

终于有一个胖胖的女人从会议室出来,看见她后笑着伸手:"你就是顾尔尔吧?我是吴燕,你可以叫我吴姐,今天下午由我负责带你熟悉基层业务,希望我们相处愉快!"

"吴姐好。"顾尔尔僵硬地扯出一抹笑,轻轻地握了握她的手。

下午六点，顾尔尔一行人在车站广场下车。

吴姐打开背包，从里边分出几瓶洗漱用品装进袋子递给顾尔尔："尔尔，是这样的，这些都是我们公司旗下的产品，为了让新员工尽快了解市场，当然，也是为了借机考验新人的耐心和基本业务能力，所以公司一般会在面试当天安排这么一个小小的销售活动。"

顾尔尔怎么都觉得这种说辞有些牵强，但也没有表现出来，只是朝她淡淡笑了笑。

"很简单，利用一个下午的时间，将手里的产品尽可能多地销售出去，"吴姐拍了拍顾尔尔的肩膀，又转头对着她身后的其余人，"九点半的时候我们还在这里集合，汇报自己的销售成果，然后今天晚上回去拟一份市场调查报告，没有意外的话明天就可以签合同正式入职。"

讲完规则，一行人提着各自的袋子四散开来。

顾尔尔提着袋子跟在吴姐身后，看着她满脸堆笑地拦下一个又一个路人，将自己手里的产品效果吹得天花乱坠，还时不时暗暗拽下顾尔尔，要求她全力配合。

雨越下越大，阴沉的天空逐渐沾染上墨色，闪烁的霓虹灯光芒在雨幕里变得模糊不清，路上行人越来越少。

在吴姐第六次谎称自己是附近大学出来做课题调研的大四学生，然后将刚从车站出来的游客拦住开始推销产品的时候，顾尔尔眼看着好心的游客听信吴姐的说法，买走她手里的东西，忽然觉得悲哀，这根本就是一场又一场的行骗。

趁着吴姐不注意的空当，她背过身去给手机上了一分钟后的闹钟，然后假装自己要去接电话。

回来的时候，她面露难色："吴姐，我男朋友的U盘在我包里，里边有些资料他现在着急要用，他就在前边公交站牌，要我现在给他送过去。"

吴姐一眼看穿她的谎话，立马变了脸色："你让他自己过来拿不行吗？"

"呃……他比较赶时间，那边还有客户。"顾尔尔有些慌了，胡乱编着理由，将手里的袋子一把塞进她怀里，扭头就跑。

她现在满脑子都是关于传销组织、诈骗集团之类的新闻报道，不由得加快脚下的步伐。

路上到处都是小水坑，早上为了参加面试，她特意换上了高跟鞋，却没想到要跟着吴姐走一个下午的路，此刻踩过凹凸不平的水洼，她觉得自己小腿往下几乎已经快要失去知觉。

没有人追过来，公交车已经停运，顾尔尔终于在路边蹲下身来，一整天的委屈顷刻间涌上来，她只觉得鼻子酸得厉害。

也不知道哭了多久，她才注意到嗡嗡作响的手机。

"尔尔，"程北航沙哑的声音听上去有些焦急，"这么晚了，你在哪儿？"

她朝前走了几步，盯着公交站牌，好半天才压住自己抽噎的声音："我在凉安路，刚刚陪炜彤面试出来，等会儿就回去，你不用担心。"

哪里有这么晚的面试安排，程北航克制着没有拆穿她的谎话，语气里满是质疑："齐沉那边刚刚来电话，说是房子不卖了，尔尔，这是怎么回事？"

雨水从脚后淌进去，钻心地疼，顾尔尔坐在站牌下的椅子上，小心翼翼地脱掉鞋子，又从口袋里摸出纸巾，触到磨破的地方，沾上殷殷血迹，她深深吸一口气，对着电话："北航，你别多想，我回去跟你解释。"

"你打车回来吧，这个时间已经没有公交车了。"程北航的语气里有隐忍的怒气。

"好。"

挂断电话，顾尔尔开始查回去的路线，看到左下角显示的打车费用的时候，她忍不住按了按眉角，想到程北航醉酒的状态，她刚准备拨电话的动作顿住。

犹豫了很久，她最终还是狠命咬下嘴唇，然后用纸巾按住脚后的伤口穿上鞋子，打开了步行导航。

手机重新响起来的时候，顾尔尔控制不住心底的欣喜，看都没看屏幕一眼，直接拿起来放到耳边："北航，我……"

"我是齐沉。"

他也不顾顾尔尔有没有反应，自顾自开口，玩味分明："我已经跟程北航说过你取消购房的事情了，但是听他的语气，我猜你们应该避免不了一场争吵，怎么样？我猜得对不对？"

顾尔尔看不惯他这副幸灾乐祸的样子，但她现在周围没有几个人，心里还是有些害怕，反倒不太想挂断这个电话："你猜错……"

迎面打来刺目的车灯，喝得醉醺醺的司机探出头来："嫌命太长了吗？"

顾尔尔立马小跑两步远远躲开。

齐沉察觉出来这边的状况不对，冷冷地开口："你在哪儿？"

"我在凉安路这边。"她捋了捋湿漉漉地贴在脸上的头发，甩了甩手上的水珠，环视周围空荡荡的街道后，忍不住厚着脸皮试探性地开口问了一句，"你……能来接一下我吗？"

说完这句话她就后悔了，中午才跟他甩过脸色，现在竟然还好意思提出这样的请求，而且，他们也不过见过几次面罢了，连朋友都算不上。顾尔尔已经做好了被嘲笑的准备。

而电话那端的齐沉，心忽然软了一下。

开口却依旧是一副幸灾乐祸的语气："你想多了！"

他胡乱地擦了擦还在滴水的头发，将浴袍丢到床上重新换了衣服，电话却还没有挂断："不过我可以好心提醒你一句，凉安路那边治安不好，上次有朋友就在那里丢了钱包。"

虽说是预料之中的拒绝，但顾尔尔还是小小地失落了一下。

电话那端的人还在继续："丢了钱包其实倒也没什么，反正你全身上下加起来也没几块钱，只是搞不好还有什么跟踪狂、杀人犯之类的，你一个女孩子要是遇上了……"

"齐沉，你别乌鸦嘴。"顾尔尔心里的委屈已经全部被恐惧所代替，下意识地朝四周看了看。

"好吧，那我就不乌鸦嘴了，顾小姐保重！再……"

"哎——等下！你还没有说你同意不卖房子的条件？"顾尔尔找来这个话题做借口继续说下去，哪怕隔着电话有人陪她说几句话也好，至少不会觉得那么害怕。

齐沉偷偷扬了扬嘴角，故意说："下次再说啊，我又不着急，再说了，要是你今晚遭遇什么不测，我们也就不用谈什么条件了，就当我学雷锋做好事。"

两个人就这么有一搭没一搭地说着,手机发出电量不足的提示时,顾尔尔整颗心脏都提到了嗓子眼儿,下一秒对方竟直接将电话挂断。

"哎……"

她恨恨地望了一眼屏幕,又偷偷地用余光打量身边的黑色轿车。

这辆车三五分钟前停在自己身边,等到她走得远了便又跟上来,一直跟着她走走停停。想到齐沉刚刚说的那些犯罪案件,顾尔尔心里打起了鼓,加快了脚步。

喇叭声响起,她没敢回头,也顾不上脚上的伤,拼了命往前跑。

车子很快跟上来,车窗摇下,露出半张坏笑的面孔:"小姑娘去哪儿啊?我载你一程。"

顾尔尔看都不敢多看一眼,撒腿就跑。身后传来车门匆匆打开的声音,紧接着有脚步声追上来,她来不及思考逃脱的办法,腰上一紧,被人捂住口鼻塞进副驾驶座。

"怎么一点儿反抗能力都没有?"身边人摘下口罩,又气又好笑,递过一包纸巾,将一件外套丢到她怀里,"说吧,住哪儿?"

顾尔尔愣愣地盯着齐沉,好半天之后差点儿哭出来。

"不是你求我过来接你的吗?"他皱着眉头无比嫌弃,"我顺便过来跟你说件正事，我答应了你取消房屋交易，但是你也得帮我压制绯闻。"

"怎么做？"

"你已经做过了，只不过为了表示尊重，我还是需要征得你的同意。"

顾尔尔刚进门就看到冷着脸等在客厅的程北航，他难得没有再喝酒，头发凌乱，眼睑处乌青一片，整个人散发着刚从倦态中清醒的怒气。

"我不是说了要你打车回来吗？"

她猜到他看见齐沉送她回来，也没有多加掩饰："从凉安路那边打车回来太贵了，北航，我们眼下这种状况……"

"贵到你打不起车的程度吗？"他的怒气统统爆发，提高了音量朝着她吼，然后伸手摸出钱包，却发现里边只剩数十块的零钱。

顿了顿，他双手插进头发间，颓然地坐回沙发，一句话也不说。

顾尔尔走过去，轻轻地抱住他，柔了声音安慰："没事的，眼下的情况都只是暂时，我知道你放不下自己的梦想，也相信你的能力，总会好起来的。

"再说了，我们现在住在这里就挺好的，也没有必要急着去买房对不对？既然齐沉都已经答应了取消卖房的事情，我们可以拿这笔贷款先去还上环宇的违约金，不够的部分我再想想办法，我们重新开始，有什么困难都会过去的。"

"齐沉齐沉！上次他同意房子恢复原价的时候，也是你觍着脸去找的他是不是？"他拽着顾尔尔的胳膊，眼底通红一片，"是不是连你也觉得我是个彻头彻尾的失败者？我不是说过我会养你吗？你还是瞒着我偷偷出去找工作？还自己私下转售剧本？顾尔尔我以前怎么没看出来你这么有手段？你坚持了这么多年的梦想就这么不值钱吗？"

程北航神色颓然："顾尔尔，你知不知道，我的梦想已经被环宇毁了，我不希望你也就这么放弃掉自己的梦想！"

你以为我就愿意放弃掉吗？

可是梦想是要建立在温饱之上的，程北航，我们背负沉重的债务，你又整天酗酒度日，这样的生活只靠着所谓的梦想怎么才能撑得下去？

顾尔尔冷冷地看了程北航一眼，终究没有将这些话说出来。

她倒在沙发上，累得连一点儿再争吵的力气都没有。

网络上关于齐沉的绯闻愈演愈烈，而他却一直没有做出任何回应，众人不死心地将探知真相的希望寄托在了他的新专辑发布会上。

齐沉尚未露面，记者已经挤满了大厅，现场气氛一片火爆。

等到中午十二点的时候，大屏幕上忽然开始播放新专辑主打歌曲的MV，画面像蒙上一层水雾一样，看不大清楚，也没有任何配乐，看上去像许多年前的黑白默片电影，等到歌曲前奏出来的时候，不少人开始低声议论。

这分明就是他许多年前的旧歌，曲调没有任何改变。一众人呆呆愣在原地，半天猜不透齐沉的意图，甚至有人怀疑工作人员操作失误，放错了歌曲。

议论声渐盛，大屏幕上的画面却发生了变化，像慢慢被人擦去了水雾，终于变得清晰起来。

视频中的齐沉穿黑色的衣服，戴一只小丑的面具，守在躺椅上的女孩身边，眼睁睁看着她闭上双眼，年轻的生命就此消殒。

歌词出现在画面中，音乐声里也开始传来齐沉低沉的声音。

画面转换，是一个斜斜的背影，镜头再拉近些，便可以清楚地看到他发送给已逝女友的短信内容。

人群突然沸腾一片。

这根本就是之前微博上传得火热的所谓"齐沉与神秘女子的'暧昧短信'"，屏幕上的MV继续播放，MV里的少年痛失女友却无能为力，在女友离世后深受挫折打击，好长一段时间里不修边幅颓废不已。

这又与舒晴微博中所发的衣衫不整的齐沉照片如出一辙。

播放到这里的时候,之前网络上关于齐沉的绯闻已经不攻自破。

接着视频慢慢恢复彩色,镜头下的少年褪去青涩,许多年后长成越发挺拔英俊的模样,再之后是略微写实的画面,齐沉穿古装戏服参加拍摄的休息中场,倾身吻住躺椅上面容模糊的女孩儿。

镜头一闪而过,故事就此结尾。

"你们想要问的现在已经知道答案了吧?"

齐沉在一群人的簇拥下从后台走出来,他眉眼间含笑,难得正经地开口解释。

"像你们传的那样,我确实有'前女友',只不过很遗憾,这支 MV 所呈现的故事是我们两个人的真实写照,而且,如果有资深粉,大概知道这首歌最早发布在六年前,逝者已矣,大家没有必要对过去的那些事情再深究。"

意思很明显。

我与舒晴的所有传闻都属虚假消息,唯一的前女友已经离世多年,我确实因此消沉堕落,但事情已经过去多年,我也已经从许多年前的感情中走了出来,逝者已去,往事就此翻篇。

"齐沉,你刚刚有说这支 MV 是你的真实写照,MV 结尾处你同那个女生接吻，请问你们是什么关系呢？还是说她就是你刚刚开始的新恋情？"

竟有愚蠢的记者为了八卦，连MV都不放过。

他笑："有一句很老的话叫'艺术来源于生活，而高于生活'，MV映射现实，但不等同于现实，"他目光扫过镜头，"我也很期待新的恋情。"

"如果打算发展全新的恋情，在选择女朋友这件事情上，你会有什么要求呢？"

"要求？"他略微皱眉，似乎在思考的样子，"我个人还不太想用挑水果的方法去找女朋友。"

场内爆发一阵哄笑。

……

顾尔尔一边查看着邮箱里的面试通知，时不时瞄一眼新专辑发布会的视频，看他自如地回答每一个或刁难或试探的问题。

他已经不再是当年那个不懂得周旋、轻易得罪主持人的天真少年，在他嘻嘻哈哈的表面之下暗藏着汹涌无际的力量与锋利的爪牙，所以他才能像今天这般屹立在万人中央。

手机"叮"的一声，有银行汇款收入的短信提醒。

没多久又有一条短信进来：

"感谢友情出演MV拍摄,这是你劳务所得。"

她放下手里的邮件,打开那支MV重新从头到尾看一遍,这才发现镜头最后闪过的那个画面,正是那日她去银迁市找他商量恢复房价的时候。

接着又想起那天送她回来的时候他在车上提出"帮他压制绯闻"的说法。

原来是这样的计划。

但其实她也清楚,即便没有她的存在,他一样可以找路人甲乙丙丁配合出演来压制绯闻。

而所谓的劳务费用,也不过是他帮助她的由头罢了。

本就正是用钱之际,顾尔尔没再推辞,也没有再多想。

换了衣服继续准备下午的面试。

那天争吵之后,她同程北航两个人之间陷入了冷战。

程北航赌气依旧沉沦,而顾尔尔继续四处奔波,不停地投简历,然后是一场接一场的面试。

可是天不遂人愿,越是着急着想要找到一份工作,就越是找不到合适的机会。

许多事情,真正经历的时候才会发现,它远远要比嘴上三言两语的概括来得艰难得多。

赶完最后一场面试出来的时候,已经是下午五点多,她呆呆地站在熙熙攘攘的街头,忽然觉得无力,明明以前想要的不是这样的生活,她原本只想过得简简单单的,可为什么会走到这般狼狈的地步?

秦炜彤这些天一直陪着顾尔尔奔波,眼睁睁地看着她一点点绝望下去,明知道顾尔尔倔强,但还是忍不住开口:"尔尔,要不你来做我的模特吧?不用露脸,利润我们一人一半,虽然我的店现在经营状况也不好,但是尔尔,收入有一点儿算一点儿吧,我没什么人脉背景,也只能帮你这么多了。"

顾尔尔心头一暖,反握住她的手:"你的心意我明白,没事的炜彤,我们都会好起来的。"

"要不,我们去找找林……"

秦炜彤话还没有说完,便看到林嘉隔着马路,远远地正朝他们挥手。

"尔尔!"

自从上次程北航和林嘉大吵之后,她心里觉得愧疚,一直都没有再去找过林嘉,也不知道该怎么样去面对她。

"嗨,炜彤。"林嘉朝秦炜彤笑了笑,又转过身拍拍顾尔尔,倒也没有对上次的事情耿耿于怀的样子,"尔尔,我们聊一聊。"

咖啡厅里温度调得很低。

顾尔尔不自觉地拢了拢外套，目光落在对面的人身上。林嘉穿一身淡黄色连衣裙，搭一件薄薄的外套，似乎习惯了在温度与风度之间选择后者。

"林嘉……"

"尔尔，我……"

两个人几乎同时开口，坐在一边的秦炜彤忍不住笑出声来"你们俩慢慢说，我又不会跟你们抢，怕什么？"

"林嘉，我替北航为上次的事情跟你道歉，对不起啊，我知道你也只是为了帮我们，没有别的意思，但是他的状况你也清楚，当时是……"

"哎——"林嘉伸手揉了揉顾尔尔的脑袋，开口将她打断，"尔尔你在想什么呢？我们三个人认识七年，我对你们两个人再了解不过，我知道他也只是状态不好，换谁遇到这种事情都没有办法冷静下来，我怎么可能会因为这件事情生气呢？"

"尔尔，我这段时间没有找你，其实是因为——"她顿了顿，低头搅拌着咖啡，"余晋白跟我求婚了。"

其实也算不上意外，整个 C 大无人不知，女神林嘉有个温和儒雅的青梅竹马余晋白，虽然林嘉的心思并不在他身上，但他几十年如一日地守着她，明眼人都看得出他对她的感情。

再者，无论样貌家世，余晋白都与林嘉相当，而余林两家又是世交。

虽未说明，但两家人都早已默认了他们的关系，结婚也是早晚的事情。

林嘉按了按眉心，一副苦恼的样子："求婚这种事情，至少得在确认了男女朋友关系以后吧？我了解晋白，按照他的脾性，根本不可能这么冒失，所以这背后肯定是两家人合计之后的主意。"

秦炜彤听得明白，说："那……你是怎么想的呢？之前在学校的时候，大家都说你有喜欢的人了，我本来以为你跟余晋白……"

"不是他。"林嘉低声否认，微微别过头，目光越过窗户落向远方，脸上却有淡淡的痛苦，"晋白对我很好，但我不想背负着对另外一个人的感情去接受他，这无论对他还是对我，都是一种折磨。"

这是林嘉第一次这么直白地提及自己的感情。

认识这么多年以来，除了余晋白以外，她从来没有见过林嘉跟哪个男生走得近，对于感情的事情她也从来只字不提，她原本也同秦炜彤一样，以为林嘉会按照家里人的意思，最后的归宿会是余晋白。

却不曾想，她心底竟然真的是有另一个人的存在的。

该是多么优秀的人，才能让林嘉这般死心塌地。

顾尔尔小心翼翼地问："那个人……我是说你喜欢的那个人，是不被你家里人接受吗？我都没有听你提起过这回事。"

"他……"林嘉欲言又止，隔了许久，她才收回目光，咬了咬嘴唇直直地看向顾尔尔，"我暗恋他很多年。"

她叹一口气，嘴角露出一个嘲讽的笑："他女朋友很好，我也知道我和他根本不可能在一起，我也不想再因为自己一个人的感情去伤害更多人。可是尔尔，感情这种东西我能怎么办呢？"

林嘉将咖啡一饮而尽，语气里满是隐忍的无力。

"我知道在这件事情上我不够理智，但尔尔，你信我吗？我对他们的感情都是真的。"

她眼角似乎有隐隐的泪意，只一瞬间，便消失不见："尔尔，如果是你呢？如果是你，你会怎么做？"

顾尔尔望了秦炜彤一眼，两个人好半天都回答不上来。

夕阳下的残影落在玻璃上，照出影影绰绰的光斑，空气中飘着咖啡的香气，三个人却陷入漫长的沉默。

林嘉低着头，看不清楚她的神色。

"其实你自己心里比谁都清楚，既然你已经可以预知最坏的结果，那为什么不去表明心意呢？已经走到如今这一步，无论你有没有可能和他在一起,但至少你需要给这段感情一个交代,也好过无疾而终。"顾尔尔看着林嘉,"结束旧的过往,才能有新的开始,暂且不论你以后会不会和余晋白在一起,你总不能一直一个人背负着这份见不得光的感情自我折磨啊?"

林嘉这才抬头看了看顾尔尔,又望着秦炜彤,得到了两个人的肯定之后她说:"那如果我真的这么做了,那个女生会原谅我吗?"

"其实选择权在那个男生手上,无论是什么样的结果,她都没有理由怪你。"秦炜彤柔声劝慰道。

"会吗尔尔?"

"会的。"

像得到什么保证一样,林嘉终于长长舒一口气。

顾尔尔喝掉最后一口咖啡,接了一个电话,下一秒钟脸色变得极难看。

"程北航出事了。"

环宇科技的新游戏《倾世爵战》刚刚上市便受到一众游戏爱好者的追捧,环宇趁热打铁出了《倾世爵战2》,并邀请当红艺人齐沉代言,却不想宣传片拍到尾声,有人突然闯进来闹事。

"程先生,您少安毋躁,有什么事情待会叶总会亲自过来跟您沟……"

"程……"

程北航阴沉着脸不顾工作人员的劝阻，直接朝里面冲进去："《倾世爵战》本来就是我一手开发的，你们环宇使出这么下作的手段，叶环琪还有什么脸过来跟我沟通？"说着他冲过去将正在拍摄的道具统统推倒。

"保安，保安！"

齐沉刚拍完一组照片，正是休息的空当，一眼便认出闯进来闹事的程北航，于是朝着赶过来的保安挥手，示意他们先退下去。

"程先生，我不知道你和环宇之间有怎样的纠葛，但这里是拍摄现场，就算你毁掉这些道具设备，也根本解决不了任何问题。"他声音里透着不同于往日的冷静，"还是说你以为阻止了拍摄，《倾世爵战2》就不会上市了？"

他手上的长剑道具还没来得及放下，身上仍然是游戏角色的造型，穿一袭鎏金长袍，白色的长发拂至身后，浓重的妆容越发展现出他深邃五官的凌厉。

不得不说，他近乎完美地还原了游戏角色。

程北航好半天才认出齐沉来，本来就因为房子的事情对他厌恶至极，再加上之后顾尔尔三番两次去找他，而今他竟然同环宇沆瀣一气，程北航一时间怒火中烧。

他三两步跨过去，目光直逼齐沉："你算什么人？你看看你周围的这些东西，包括你自己身上的造型，这些全部都是我的心血，要不是环宇暗中作祟，能轮得到你来这里？齐沉你不要以为自己有点人气就会怎么样，我劝你以后离尔尔远点儿！"

"你是尔尔的朋友，我也是，你又有什么权利去限制我跟她之间的交往？你口口声声说环宇害得你至此地步，为什么就不肯从自己身上找找原因？顾尔尔真……"

话没说完，齐沉闷哼一声。

没有人料想程北航会突然对齐沉动手，反应过来以后几个保安立马围上去，另一边的工作人员要报警，被齐沉拦下来。

他将手上的道具丢在一边，顺手解开身上的长袍，只剩下腿上宽松的黑色道具服与上身白色的 T 恤。

程北航再次扑上来的时候，他一个侧身避开，程北航踉跄两步向前冲过去。

再回身之际——

"砰"的一声，拳头击打腹部的沉闷声音。

齐沉拍戏从不喜欢用替身上场，而他接过不少古装戏，少不了打斗场面，他曾为此特意接受武术培训，加上平日里高强度的锻炼，同程北航动起手来丝毫不吃亏。

程北航不甘心，涨红了脸低声咒骂着再冲过去，齐沉也不留情，屈膝直接再次撞上他的腹部，却不料想程北航忽然从身侧摸出一把小刀。

程北航原本也只是想作势唬人罢了，却不想齐沉动作太快，就要伸手来夺，程北航一时急着避开，反倒划到他左侧锁骨处。

没什么力度，不过一点儿皮外伤，但沾染在白色T恤上的血渍看上去触目惊心。

顾尔尔匆匆赶过来的时候，看到的正是一边处理伤口，一边被经纪人冷着脸训斥的齐沉，以及被保安簇拥起来的程北航和地上不远处的小刀。

她心狠狠地一坠，不由得想起颜姐精神崩溃的那个下午。当初那个光彩照人风度翩翩的程北航而今竟然也会像颜姐一样挥着刀子，果然最后他们也因为不堪的现实，要走上同样的一条道路吗？

她看了程北航一眼，眼中溢满了失望与难过，然后走到齐沉身边，浅浅地躬身道歉。她知道这样的举动又会让程北航吃醋生气，但是没有办法，这与感情无关，无论今天在这里的是不是齐沉，她都得像这样去赔礼道歉。

因为他们根本再经不起任何事件的闹腾。

林嘉阴沉着脸看着顾尔尔的背影，转过身对着保安一顿大吼，将程北航从人群中领出来。

　　齐沉倒像没事人一样，依旧是以往嘻嘻哈哈的语调，故意背对着程北航俯身靠近顾尔尔："我全靠脸混饭吃，这次可是因为你才受的伤，你别以为这么简单的一个道歉就可以敷衍过去。"说完话又立马直起身子坐回去。

　　其实还隔着一大段距离，但从程北航的角度看过去，这两个人的动作十分亲昵。

　　果然，他一把甩开林嘉，冲过去扣住顾尔尔的肩膀："尔尔，跟我回去！"

　　"且不说今天的事情对我们环宇造成的损失和影响，"叶环琪从门外进来，声音冰冷，"单是程先生蓄意伤人，恐怕不能就这么走吧？"

　　林嘉气冲冲地拦在叶环琪身前："怎么就不能走了？你们做过什么事情自己心里不清楚吗？再者，程北航跟齐沉两个人发生冲突完全是两个人争风吃醋的私人恩怨，就算齐沉是你们请来的代言，但叶总连人家的私事也要干预吗？"她几句话就将性质恶劣的事情简单带过。

　　虽说有些胡搅蛮缠，但顾尔尔清楚，林嘉也是为了将这件事压下去，而程北航显然对"争风吃醋"这四个字极度不满，还想要说什么，被顾尔尔拉住。

"对啊，争风吃醋。"齐沉加重了语气，似乎在细细思考这几个字，然后笑着看了一眼顾尔尔，转过身去对着叶环琪半开玩笑的语气，"到底是我的做法有失妥当，毕竟年轻气盛，争风吃醋这种事情也难免，今天的损失我会负责，叶总看在我的面子上，这件事情就到此为止吧？"

叶环琪盯了他一眼，终归没再说什么，转身跟着经纪人离开了现场。

"你和齐沉是什么关系？"

程北航一动不动地盯着她的眼睛，这是这些天里他最难得冷静的时刻，可却是这般质问她的语气。

顾尔尔觉得可笑。

他曾经信誓旦旦地要她相信他，也曾满是憧憬与自信地规划他们的未来，他看她的眼神从来都布满温和的光彩，可从什么时候开始，他们之间也如同世间所有恶俗的爱情一样，一步一步陷入不断的猜忌和质疑。

车水马龙的街头，她就这么静静地回望他的眼睛，语气里夹杂着一丝悲哀的嘲讽："我和齐沉可以是陌生人的关系，也可以是普通的粉丝与偶像的关系，或者是债务人与债权人的关系，又甚至可以是你想象的地下恋情的关系。"

"可是，"她顿了顿，"程北航，重点不是我和齐沉是什么关系，而是你自己肯去相信我们是什么关系。你口口声声要我相信你，可是你又何曾有过同样的信任给我？"

程北航别过头，一言不发。

"对，环宇使用不光彩的手段拿走了《倾世爵战》，也毁了你的心血，但是程北航，这不是你就此堕落的理由。我是去找过齐沉，可除了对我的猜忌以外，难道你就没有想过，我如今所做都不过是为了尽快还清债务，好让你重新开始吗？"

"重新开始？"他低笑两声，"我的人生才刚刚开始就已经背上了沉重的债务，顾尔尔你根本不能想象，我买一包烟，吃一顿饭，喝一瓶水的时候，都会忍不住想着，这些钱拿去还债的话就可以少一些压力了……"

顾尔尔眼泪一下子涌了出来。

怎么会不懂？

你的债务又何尝不是我头顶上的阴霾？

在别的女生热烈讨论化妆品的时候，我要想着怎么样规划钱包里最后的三百块钱，才能支撑接下来一个月的生活；在你喝得烂醉的时候，我还要应付着母亲的电话，想着怎么样才能不让她发觉我们困顿的现状，好不至于让她坚决反对我同你在一起；我还要低价处理掉手里的剧本，四处辗转参加面试；为了省一百块钱的车费，我得穿着八厘米的高跟鞋在雨夜里狂奔……

而因为不想让你更有压力，这些话说出来的时候，就不得不变成一句轻飘飘的"我能理解你"。

"我能理解你，"顾尔尔用力仰头，尽可能用冷静的语气，"北航，但是以你的能力，先去游戏公司找一份工作并不难，以后的日子还长，我们可以一步一步来，先把这些债还清，然后等你积攒了经验人脉，再去计划重新组建你自己的公司，这样慢慢总会好起来的啊。"

"你根本不理解，你现在只想着找工作找工作，你根本已经被物质所迷惑，越是这样，我越不可能像你说的一步一步来，我根本没有那么多时间，尔尔，虽然你没有说，但是我比谁都清楚，我只有尽快做出成绩来，才能留住你。"

他的眼里满是孩子般的迷茫与不安："你知道我每次看到齐沉都是什么样的感觉吗？他什么都比我好，你想要的他都可以给你，我也不想要一直怀疑你，但事实就是这样，你有无数个选择他的理由与契机。"

熙熙攘攘的街头，他突然伸手用力抱住她"尔尔，我可以依你，你也要相信我，我会给你一个家，我们以后好好的，好吗？"

顾尔尔觉得疲惫。

他们曾经默契十足，只一个眼神便可以明白对方所思所想，可是现在，那个冷静理智的程北航已经没了踪影，站在他面前的这个人逻辑混乱，惶恐不安。饶是此刻他们相拥而立，她却已经没有办法再去猜透他的想法。

人们都说，大多数人年轻时总要经历第一场错误的感情，方能看清自己的内心，就像正式起跑前的预热，而后才是真正追逐幸福的开端。

从前顾尔尔不信，总觉得自己与程北航是例外，可如今看来，这世间数千万人里，哪一个不是自以为是的例外，可又有哪一个逃得脱最烂俗的结局？

在这个微凉的秋夜里，顾尔尔忽然清楚地感觉到，过去七年里的美好如同一场浩大的幻象，而今他们被迫强按在犬牙差互的现实里，那些幻象也正以摧枯拉朽的姿态日渐崩离。

但尽管明知如此，她还是想要竭力挽回这份感情。

"好。"

她伸出手回抱住他，哽咽着点了点头。

林嘉取了车过来，远远地便看到这样温情的一幕，她握着车钥匙的力度不自觉加大，过分用力的手背上凸显出愈加分明的骨节。

其实早在程北航把戒指套在顾尔尔手上的时候,她就已经下定决心要死了这颗心,没有说出口的暗恋胎死腹中,还不算输得太难看。

她也真心祝福他们能步入婚姻的殿堂。

她相信,随着时间流逝,她对他的感情也总会有消散的一天,也总有一天她可以去接受别的人来成就自己的幸福。

可是上次余晋白求婚时,她才意识到,她这些年来对他的感情,在不知不觉中已成了心头顽疾,根本没有办法再去接受其他任何人。

再加上今天程北航和齐沉动手的事情,以及顾尔尔的种种反应,虽然表现还算疏离,但即便她不承认,林嘉也看得出来,她面对齐沉时候眼睛里的浮光。

程北航的猜疑并不是空穴来风,有些东西虽不自知,但旁观者总能看得清楚。

尔尔,我对你的用心都是真的,我对北航的感情也是真的。

可是尔尔,如果你对他的心真的有丝毫动摇,那就换我来陪在他身边。

良久之后,林嘉缓和了神色,恢复笑意朝他们招手:"该走啦!"

车子在夜风中疾驰而过，街道两旁林立的高楼在一闪而过的光影中映出模糊的轮廓，车内一片安静，看不出有什么异样，但从这一晚开始，三个人的心境各自发生着变化。

MINGZHONGZHUDING
SHUYUNI

原本以为，对你的心跳，是错觉

第五章

　　安悦酒店位于整个荣安市的最中心，整个建筑呈弧形分布，构造别致又不失气势，几乎算得上整个市区的标志。

　　顾尔尔按照约定时间到了酒店门口，朝远远走来的林江生挥手打了招呼。

　　"来之前嘉嘉跟你大概提过一些吧？"林江生看到她，快步走过来，笑着对她叮嘱，"这种场面你可能一时间不能很好地应对，不过你也别太担心，等会儿进去以后你跟着坐在我身边就好，有什么不好听的，你只管笑一笑别往心里去。"

　　"对了，我来之前，嘉嘉跟我说过，你不大会喝酒？"林江生略微回头,想要了解她的情况。

顾尔尔红了脸默认。

她从前受着程北航的庇护,也一直将不会喝酒当作优点来看待,现在却忽然明白过来,不会喝酒跟不喝酒根本是两回事。

林江生也没介意,大概是看出她的紧张,颇有耐心地跟她解释:"外面人都传说娱乐圈有多混乱,但其实其他的圈子也未必能比它好多少,每一个行业都一样,只不过这一行属性特殊,时常是要暴露在公众视野内的,所以大家只是恰好看得到罢了。"

"没有哪个行业是绝对干净和轻松的。"他笑着看她一眼,"只要你下定决心入世,就得学着去跟不同的人打交道,也要学会去应对各种各样的场合。有人说这是圆滑世故,也没有错,但有些事情不能就这么简单地去评判,很多东西你只有先拥有了它,才有资格拒绝它。"

顾尔尔忽然想到齐沉。

他被许多人指责尖锐直白,不懂得人情世故,但他把这些拿至人前,却花费了六年时间,在六年的无数白眼与冷脸中弄懂了人情世故,然后才有资格以这样的姿态站在万人眼前。

"嗯,谢谢你,我明白了。"顾尔尔认真地点了点头。

"没事,你也别太担心,待会儿我会尽量帮你挡酒的。"林江生轻轻拍了拍她的肩膀,开玩笑安慰她,"既然小嘉把你交给我了，我保证将你完好地送回去，别说喝酒，让你少一根头发我今晚回去都得挨打。"

顾尔尔像个小学生一样僵硬地点了点头。

这是影视圈内的一个私下聚会，林嘉特意帮她找了机会，让林江生带着她出席，想要趁机介绍她多接触一些资源，为她的剧本乃至日后的职业发展谋出路。

这些天以来，顾尔尔找工作的事情并不顺利，她意识到，自己数年来所有的心思和精力都花费在了剧本的创作上，除此之外，她要想再去找别的行业的工作真的不容易，而且一旦换行发展，也意味着她必须从头开始。

她决定听从林嘉的建议，结交一些圈内的朋友，选择将自己的剧本搬上荧幕，总比继续去面试一些推销类的工作要好得多。

如今程北航已经听取了她的建议，应聘去了一家游戏公司上班。

虽然他没能成功运营自己的游戏公司，但凭借他个人突出的专业能力，相信很快便能赢得老板的认可和器重。

只要她再确定下来一份工作，两个人一起努力，过不了多久，困境便能扭转，一切总会好起来的。

顾尔尔掖了掖裙角，尽可能自然地扯出一个微笑，转身跟着林江生进去。

大门推开,里边已经坐了一大群人,看着一张张陌生的面孔,顾尔尔不由得攥紧了衣摆。

她默默地跟在林江生身后,看着他无比熟稔地跟在场每一个人寒暄。

服务生将酒杯递过来的时候,顾尔尔下意识准备去接,却被林江生不动声色地接过,他暗暗地握了握她的手臂,然后附在服务生耳边说了什么。

隔了一小会儿,林江生重新将一杯酒推到她面前。

顾尔尔悄悄闻了闻,才发现看似无异的酒已经被掉了包,她面前这杯液体没有任何酒精的味道。

"等会儿如果有酒实在推辞不掉,你就喝这个。"林江生压低了声音嘱咐她。

"我今天来可是给各位带了新资源,"林江生从顾尔尔旁边微微侧身,将她置于所有人面前,"这是我从C大挖来的顾大编剧,最近不都抱怨找不到好的剧本吗?我这次可是帮你们把人都带来了,我只管投资,至于剩下的具体事情,就靠你们把握机会了。"

他端起酒杯,给顾尔尔递过一个眼神。

她立马反应过来,学着他的样子同样端起酒杯开始打招呼。

几番下来，难免有喝得多的人凑过来半开着玩笑拉拉扯扯，林江生一边同众人周旋，一边时刻顾及着顾尔尔的状况。

"顾小姐酒量不错，不知道肯不肯赏光跟王某私下再去喝两杯啊？"酒过三巡，大腹便便的中年男子凑上来拽住她的手腕，满嘴酒气，"我们……"

顾尔尔挣不脱，又不好直接甩脸色。不等她向林江生求救，手腕上的力度骤然消失。

来人大概三十出头的年纪，穿灰白色的棉质衬衫，眉头略微蹙起，稍稍用力，便将中年男子钳制在手中，随即朝服务员招手："王导喝多了，麻烦带他去房间休息。"

顾尔尔感激地朝他笑了笑。

"让顾小姐见笑了。"他微微颔首，露出些许歉意，"他本心不坏，就是喝了酒容易……顾小姐别往心里去。"

"没关系没关系，谢谢你。"

"顾小姐刚入行不久吧？"他淡淡地笑了笑，朝顾尔尔伸手，"我是陈景砾，电影制片人，希望日后有机会能够和顾小姐合作。"

"您好。"顾尔尔笑着伸手。

她下意识地回头看一眼林江生，他正在被一群人围着讨论什么事情。

陈景砾顺着她的目光看过去，说："林总应该要跟他们再谈论下新电影投资的事情，顾小姐要是不介意的话，我们可以先在这边聊聊剧本，或许我能帮上一点儿忙呢？"

他虽然喝了酒，脸上有些泛红，但是整个人举手投足间都散发着绅士的气质，没有半分逾矩的举止，语气态度也礼貌客气。

顾尔尔点了点头跟他过去。

果然，陈景砾对于影视制作方面的许多见解都让顾尔尔很是赞叹，他博古通今，又不失幽默，更难得的是，对于顾尔尔所提到的很多想法，他都能很快地理解。

顾尔尔觉得遇到了知己，又听陈景砾谈起自己妻子有一个妹妹，跟顾尔尔同样毕业于 C 大，她更是觉得有缘分。

两个人一直聊到聚会结束，林江生找过来的时候，似乎都还有些意犹未尽。

"林总，"陈景砾起身，笑着说，"林总今天可是挖到宝了，我很看好顾小姐的作品，如果有机会，也很希望同顾小姐合作。"

陈景砾看了一眼时间，提议道："林总今晚也喝了不少，我一个朋友在这附近开了一家茶馆，不然我们过去喝杯茶醒醒酒，我也好跟顾小姐再进一步讨论下剧本的问题？"

顾尔尔一方面对陈景砾很是信任，另一方面也希望通过他可以尽快投入剧本的拍摄，很快便答应下来。

林江生要负责顾尔尔的安全，也只好同意。

茶馆距离酒店很近，三个人徒步走了过去。

林江生喝了不少酒，虽说不至于醉，但也没什么心思再去喝茶，没多久便倒在一边的软垫上打起了瞌睡。

陈景砾很贴心地向老板要来了毯子帮他盖上，跟顾尔尔聊了很久之后决心签下她手头的剧本："我就住刚才那边的酒店，顾小姐不介意的话跟我走一趟，我今晚直接拟了协议，先将顾大编剧的作品定下来啊。"

"可是……这样会不会有些草率？"

"顾小姐现在想反悔我可不依，"他捻了捻袖子起身，半开玩笑地说，"人虽然是林总介绍，但这个剧本是我先看上的，自然越早定下来越好，免得夜长梦多被人抢了去。"

"林先生还在这里……"

陈景砾起身朝柜台边的人点了下头示意，绕过小小的茶桌，走到顾尔尔身边，顺势轻轻拉一把她"没关系，我朋友会帮忙看着，而且，这里到酒店没有几步路，我们用不了多久就回来。"

电梯直上 26 楼。

顾尔尔就站在房间门口的走廊上等着，门没有关，陈景砾在里边窸窸窣窣翻了好一阵，又抬头朝门外看一眼："进来啊，愣在门口干吗？"

虽说顾尔尔对面前这个风度翩翩的男子很是信任，再者他已是有妇之夫，按理来说她也没什么好担忧的，但毕竟认识不过一个晚上，现在又已是深夜，让她跟一个陌生男子独处一室，顾尔尔还是有些不安。

见顾尔尔不动，陈景砾朝门口方向走过来，将手里端着的咖啡递到她手上："进来坐会儿，喝杯咖啡的工夫就好，等我找个东西。"

顾尔尔莫名觉得气氛有些尴尬，委婉地拒绝："不用了，林先生还在茶馆，我们尽快回去吧。"

他脸上的笑容变得怪异，一个用力将她拽进去。她被抵在墙壁上，用力地挣扎间，有浓重的酒气喷在她的鼻尖。

"顾小姐难道不想再跟我谈谈剧本的事情吗？"

顾尔尔只觉得脑袋里"嗡"的一声："救——"

声音还没出来，便被人捂住口鼻。

"不然你以为我买那套房子是用来看的啊？"

电梯门打开，有人一脸不耐烦地对着旁边人："汶继，你摸着你自己的良心说,酒店我都住了两三年了,除了招来更多的绯闻以外,还有别的什么用?"

"可是你一年里有大部分时间都是要往外边跑的,你哪有时间……"

他一把钩住韩汶继的脖子:"废话少说,反正你尽快帮我把房子装好了就行,不然我亲自监工,怕是有小半年不能接任何活动了,你这个经纪人到时候可别哭……"

话说到一半,他忽然顿住了脚步。

"哎,你干吗去,齐——"

"齐沉!"

顾尔尔忍不住低呼一声。

来不及阻止,他一拳头挥过去,陈景砾应声倒地,嘴角噙着殷殷血迹,他踉跄着从地上爬起来,又被齐沉拽住衣领,硬生生再受了一拳,发出一声闷哼。

韩汶继按了按眉心,看了一眼衣衫不整的顾尔尔,将自己的外套递过去,又朝门外左右看了看。正是深夜,走廊上没有人,他这才舒一口气反手将门关上。

短短小半个月,齐沉已经两次跟人动手,他倒是出气了,善后的事情还不得是自己出面解决。

他跟着齐沉一路走来，眼看着他慢慢学会同人周旋，慢慢褪去冲动变得成熟稳重，也看着他人气越来越高，原本可以按照这样一直顺利发展下去。

可是——

他看一眼顾尔尔，然后轻轻叹一口气，冲过去将还在动手的人拦住："够了，齐沉！"

他像被激怒的野兽，撕扯着陈景砾的衣领不肯罢手，丝毫不顾韩汶继的阻拦，一把将韩汶继推开，手臂上暴起的青筋分明，握紧的拳头又朝着对方腹部砸过去，陈景砾避退不及，无力地倚着身后的墙壁滑下，额头沁出薄薄的虚汗。

他俯身过去，对着面前的人轻轻地问："现在，清醒了吗？"

顾尔尔倚着身后的门，紧紧抱着韩汶继的外套，整个人还有些僵硬，一直到被人推了两把才回过神来。韩汶继用下巴朝着齐沉的方向点了点，对她使了个眼色。

她这才慢吞吞地走过去，扯了扯齐沉的衣角，却不知道要怎么开口。

齐沉直起身子，冷冷地看了她一眼，一言不发径直朝门外走去，站到走廊上的时候顿住脚步，他微微别过头朝身后扫了一眼："还不走？"

车里。

他摸出一支烟衔在嘴里,紧接着"吧嗒"一声,有小小的一簇火苗闪过,黑暗中他手里的烟明明灭灭。

车窗打下来,有风很快吹散一团灰白色的烟雾。

他一直手扶着方向盘,修长的手指有节奏地在边缘敲击着,整个人看上去十分烦躁。

顾尔尔紧紧贴着座位神经紧绷,酝酿了许久才小声开口:"林江生还在那边的茶馆。"

依旧是长久的沉默。

"我今天本来是……"她用力咬了咬嘴唇,可眼泪还是控制不住地大颗大颗滚落,数日的委屈蔓延开来,声音里都沾上闷闷的哭腔,"我……"

欲语泪先流。

顾尔尔原来很讨厌古人这种无谓的矫情,这一刻却忽然明白过来,有些东西在心里积压得久了,到了嘴边的话就会变成眼泪。

"顾尔尔,有没有人说过,你真的很没用。"他抬手将最后半截烟丢出去,摇上车窗。

已经没了之前的烦躁,他言语间有些恨铁不成钢的意味,皱着眉头十分嫌弃地看着她:"我是说过要你不要倚赖别人,所以你就要把自己卖了吗？"

连一句安慰也没有，顾尔尔的眼泪更汹涌。

下一秒整个人却被环入坚硬温暖的怀抱里，他的下巴抵在她肩膀上，手掌附在身后安慰似的轻轻地抚着她的长发，他手心有着常年拍戏而磨出来的粗粝，一下一下顺着她的后背轻轻抚过。

顾尔尔被这突如其来的亲昵举动惊到，她浑身僵硬一动也不敢动，连哭都忘记，却也出乎自己意料地没有挣脱。

隔了许久，他才慢慢开口，以往总是不正经的语调难得淡下来，声音里甚至没有一点起伏，像从遥远的山坳吹来一阵空灵的风："我原本以为是错觉。"

一句莫名其妙的话。

顾尔尔却忽然觉得胸口一滞，她听得明白。

她原本也以为是错觉。

原本以为，对你的心跳，是错觉。

不过，他很快将她松开，重新坐直在座位上。顾尔尔甚至忍不住怀疑，刚刚温情的场景不过是她一厢情愿的幻觉。

"我在用最大的努力为你创作你梦想中的剧本，希望有一天能够以编剧的身份站在你身边，同你一起将它搬上荧幕，完成你的梦想，是我的梦想。"他语气里有调笑的意味。

顾尔尔微微睁大眼睛，面上有些赧然，这是她很久很久以前在微博里私信给他的话，她一直都以为微博不由他自己打理，那些乱七八糟的私信也是不会有人去看的，却不想这些他竟然都看在眼里，而且竟然一直记得。

齐沉对她的惊讶丝毫不在意，用难得认真的语气继续说道"该是时候实现了吧？剧本给我，我看过如果没有问题的话，接下来会找资源尽快投入拍摄。"

顾尔尔甚至没去注意他说的投入拍摄的事情，仍旧沉浸在齐沉看过自己私信的惊讶里："你早就知道是我？"

他又恢复那副顽劣的样子，有些得意地看着她笑："我想象中的，要比真实的你更有主见和坚强一些，至少——"

他故意拉长了语调："至少不会沦落到这样狼狈的境地。"

他伸手将纸巾递过来。

顾尔尔有些尴尬，三两下迅速擦干眼泪。

他放松地靠在座位上，侧过脸去看她，车窗外浅黄色的灯光在她脸上投下淡淡的阴影，她眼角泛红，眼睛里有残存的眼泪闪烁着细碎的光点。

他该怎么说，他对她的注意远要比她以为的早得多。

那时候他第一次参加一个网络采访节目，因为直言梦想被主持人觉得他不可一世，竟开始刻意针对他。

谈起创作的孤独时，主持人看着他笑："说起孤独，在座的人中齐沉最有发言权，我发现今天台下的观众中唯独没有你的粉丝呢，可以跟大家分享下作为天才歌手的孤独吗？"

那期节目里，同行的都是名声大噪的流行歌手，而观众席上都是他们的粉丝，即便他再怎么不去在意，但也禁不住主持人故意的为难调笑。

他朝台下扫一眼，多少有些窘迫，可主持人偏偏有意将他的窘迫放大，迟迟不肯出言圆场。气氛一度陷入尴尬的时候，台下竟然有小姑娘冲动地站起身来接话："天才总是孤独的，是因为千里马常有而伯乐不常有，齐沉，我代表今天没有出席的所有粉丝向你致歉，但大家没有恶意，只是希望你爱惜羽毛，不必迫于压力去接一些不……"她歪了歪脑袋，试图寻找不那么直白的说辞，"不必迫于压力去接一些格调不高的节目。"

说完，不等工作人员有所行动，她便朝齐沉笑了笑，浅浅躬身然后主动离席。

其实哪有所谓"没有出席的所有粉丝"，他原本就只是不为人所知的小人物罢了。

从那时候起，他便记得她。

无数观众的背景下,她漂亮倨傲、倔强伶俐的模样在他脑海中挥之不去。

　　那期节目后来自然被后期剪掉许多,自那次之后这个主持人包括整个节目组都对他心生厌恶,一直到后来他走红,才放下芥蒂去请他录节目,却被他故意放鸽子。也是从那时候起,开始曝出他目中无人、耍大牌的种种传言。

　　而他知道,即便这些传闻闹得再怎么沸沸扬扬,总有一个人愿意毫无保留地相信他。

　　再到后来,她微博私信他,自称要帮他写一部让所有人动容的剧本,大概是以为他从来不会查看私信内容,所以她每一封私信都如同自说自话一样,但却从未间断。

　　他一路沉沉浮浮,而这些年里粉丝数目增增减减,新旧更替,但似乎只有她,几年如一日地为他坚持着当年那个"要出演一个搏击类酷酷的电影角色"的梦想。

　　他甚至曾用小号偷偷去翻过她的账号,在过去许多个坚持不下去的深夜里,他盯着她微博里的笑脸来汲取一些能量。

　　那个小小的账号像魔咒一样,总让他记得,隔着屏幕的背后,有一个小姑娘把完成他的梦想当作自己的梦想。

　　只是他没想到,再见面的时候,她竟远不如记忆里那样倨傲伶俐,本以为明澈如她,即便恋爱,也一定是配月朗风清之人,却不曾料想，记忆里的小姑娘在现实里竟然要倚赖着别人存活，更可笑的是，她所准备共度余生之人幼稚自大，根本没有担负得起她余生的能力，而她竟如世间万千俗人一样，处于爱情与友情的艰难夹缝中，尚不自知。

他一次又一次忍不住想要捣毁她自欺欺人的幻象，却也一次又一次地感知到自己异样的心跳，可明明她根本不是自己想象中的样子，他也无数次自我怀疑，却终究不得不承认，在七年前那个人离世以后，他真的那么快对另一个人动了心。

他从前一直竭力对她的事情冷眼旁观，铁了心要她依靠自己的能力从眼下这苦痛的境遇中爬出来，可是现在，他心软了。

如果他自己动用人脉，增加投资，去拍她写给自己的剧本，是不是在实现两个人梦想的同时，也能借这种不至于太过直接的方式，将她从债务的泥潭中拉扯出来呢？

他等不及，想要让她和那个人两清。

车窗外，一阵风吹过，椭圆形的叶子零零散散地洒落一地，不远处的浅黄色的灯光透着暖意，秋意已经浓重。

"尔尔，对不起。"

林嘉心不在焉地将面前的饺子用叉子弄得稀巴烂:"我真的没有想到会出这种事情,那天我明明跟我哥交代了让他顾着你的……"

那晚林江生从茶馆惊醒的时候已经没了陈景砾和顾尔尔的影子,他心下不安,立马跟老板打听了他们的行踪。等到林江生赶过去,酒店房间里只剩狼狈处理伤口的陈景砾,陈景砾闪烁其词并没有说得清楚,但林江生在圈内混迹多年,稍加联想便猜到事情的始末,不过好在有人及时赶到,才将顾尔尔带走。

得知消息的林嘉朝林江生发了火之后,将所有的过错归咎在了自己身上:"尔尔,都怪我出的馊主意,我就不该让你跟着我哥去参加那个聚会,万一你真出了什么事情,我怎么跟程北航交代?"

想来都还后怕。

可话一出口,她自己更觉得可怕,这种时候她的第一反应不是担忧顾尔尔的安危,而是忧虑对程北航的交代,她怕因此被他记恨。

顾尔尔并没察觉到她脸上自嘲的苦笑,只当是她满心愧疚,隔着桌子握住她的手:"都过去了,没事,我知道你让我去参加聚会也是好意,林江生对我的照顾也很尽心,是我自己太蠢了,不过幸好有——"她表情僵了僵,又迅速改口,"不过幸好没出什么事情。"

  林嘉很快捕捉到她不正常的神色。

  "尔尔，"她沉了脸色，放下手中的筷子，直勾勾地盯着顾尔尔，"你，要不要跟我解释下你和齐沉的事情？"

  那晚危急时刻，是谁出现带走了顾尔尔，其实不用林江生多说，林嘉也猜得出来。她和顾尔尔相处这么些年，对她的背景人脉了解得比谁都清楚，除了自己以外，能在深夜恰好出现在安悦这种规模的酒店里的人，顾尔尔认识的人里还能有谁？

  果然，顾尔尔收回桌子上的手，没敢再看林嘉。

  "我和齐沉能有什么事情？"

  顾尔尔干笑两声，夹起一只饺子放进旁边盛了酱料的小碟子："林江生跟你说了吧，齐沉就住在安悦酒店，他那晚录节目到很晚，回去的时候刚好撞上……"

  想到那晚陈景砾的嘴脸，她忍不住皱了皱眉，不愿意再去谈论这件事情："所以刚好帮我解了围。"

  "然后呢？"林嘉并不打算放过这个话题。

  "啪——"

  顾尔尔手一抖，夹到嘴边的饺子跌回小碟子，溅起的酱料沾到她的衣服上，很快洇开一小团暗色的污渍。

  "我先去洗洗……"

"顾尔尔。"林嘉伸手拦住她,"我们聊一聊。"

顾尔尔深深地看了她一眼。

"我哥回来以后,我给你打过电话,是齐沉接的,那时候是深夜四点。"

"如果我说齐沉决心要拍我手里的剧本,那晚我又跟他回了酒店,把剧本拷给他之后在他那里睡了一晚,仅仅是这样,你相信吗,林嘉?"

气氛有些僵住。

林嘉没有回答,她淡淡地笑了两声,换了话题:"我去看过程北航,他最近很辛苦,在赶一个新项目,天天住在公司,而他所做的这一切,是因为什么,你比我要清楚。"

顿了顿,她又说:"你很久没有去看过他了,对吧?"

顾尔尔心里"咯噔"一下,她好像确实有段时间没有去关心过他,这种事情她竟然还不及林嘉看得清楚。

"你和程北航七年的感情,他对你看得有多重,我不想多说,"林嘉回头朝服务生要了酒过来,先给自己倒了一杯以后,起身准备倒给顾尔尔,酒瓶子斜下去的时候忽然止住,"我差点儿忘了,他不让你喝酒。"

顾尔尔身体向前倾,就着她握着酒瓶子的手用力按下去,橙黄色的液体顷刻间溢满杯中，她没有说话，不顾林嘉诧异的眼神，直接将一整杯酒全部喝下去，从喉咙到胃里，一路泛着热。

她抬眼看着林嘉："我们都已经不是小孩子了，我不可能一直处在程北航的保护之下，你哥说得对，只要我不避世，总得学着跟不同的人打交道，应对各种各样的场合，这些都是早晚要面对的事情。"

"林嘉，我知道你想说什么，你是担心我跟程北航分手对吗？"话说到这种地步，她也不必再装下去，林嘉今天的意思她听得明白，"像你说的，我和他七年的感情，我也知道他对我的好，你放心，我不会这么轻易地就松手。林嘉，我没有你想象的那么绝情，更不可能在这种时候抛下他一个人。"

又是何苦呢？

如果顾尔尔跟齐沉在一起，她便可以就此摆脱债台高筑的现状，而你也可以帮程北航还清债务，甚至帮他东山再起，在他最困窘的时候陪着他，岂不是更能让他看清楚你对他的用心？

这些想法从脑海中冒出来的时候，林嘉被自己吓了一大跳，很快又摇了摇头将它们全盘否定。

程北航对顾尔尔的心思，她也比谁都看得明白。这些年来，她费尽心思掩饰情感，才能让三个人相安走过这一路。

而她对顾尔尔的在意是真,对程北航的暗恋也是真,她不想在这两者中选择其一,也不希望程北航因为失去顾尔尔陷入痛苦,不想目睹这两个人几年的感情真的一夕散尽。

她对着顾尔尔离开的背影发了很久的呆,然后将桌子上剩下的大半瓶酒一饮而尽。

七号渡口。

正是傍晚,又赶上周末,酒吧里人潮拥挤,震耳欲聋的音乐声和嬉笑尖叫的声音混杂在一起,一波接一波,昏暗闪烁的灯光在每个人脸上映出张牙舞爪的模样。

"酒!"喝得半醉的男人起身招来服务生。

他斜靠在桌边,随手揉乱了额前的碎发,露出一双微微眯起的墨黑色眼睛,眼睑下却泛着疲倦的暗青色,纷乱的灯光从他身边交错而过,为他笼上一层淡淡的光芒。

他有着与这种气氛格格不入的气场,不自觉吸引了不少过往的女生上前搭讪,最后却都被坏脾气地赶走。

"颜高脾气臭,活该单身狗!"

"走吧走吧!真是遇上神经病了!"

碰了一鼻子灰的女生气冲冲地跺了跺脚,仰着脸挽起同伴扭头就走。

身后传来酒瓶摔碎的声音,紧接着第二个酒瓶还未落地,被人伸手抓住,安安稳稳地放回桌子上:"这不是程老板吗?怎么一个人在这里喝闷酒?"

"程总啊,咱们这一届就你混得好,指望着你给兄弟们找个出路呢。"又一个声音响起,来人将胳膊搭在程北航的肩膀上,"怎么样,有没有什么合适的位置给一个?"

"来来来!老同学见面,说这些干什么?先走一个!"白奕伸手将桌上的酒瓶一一打开,递到每个人手里。

程北航扫一眼围在身边的几个同学,小半年不见,各自脸上都沾染了一些说不出的俗世味道,再想到自己的遭遇,他沉着脸重重叹一口气,端起酒杯仰头饮尽。

"快别笑话我了,我走到今天这个地步,想帮你们也只怕是有心无力。"他苦笑一声,视线落向远处。

他们还不知道,当年整个C大最被人看好的计算机天才程北航,毕业以后不仅没能保住自己的公司,现在连工作也没能保住。

就在一早开会的时候,老板当着一整个会场同事的面,将他的游戏策划方案甩在他脸上,当场将他解雇。

"那个蠢货,要不是我玩命帮他做程序,他手里那个项目早就毁了,代码是我做的,机型不适配问题是我解决的,游戏闪退BUG修复是我做的,连资金预算表都是我赶出来的。"程北航越说越激动,随手抓起酒瓶子就要摔,"结果他过河拆桥,说什么我没有团队意识,就将我踢了出来,说白了还不是公报私仇?他自己能力不够,还要怪我顶撞他……"

白奕救回差点儿又被摔掉的酒瓶,笑着拍拍他的肩膀,顺着他的话接:"这群人都是这样,见不得比自己厉害的人。"

周围几个人听程北航说完公司垮掉的事情,见从程北航这里讨不到什么好处,已经没有耐心再听他赘述自己坎坷的职业生涯,几杯酒下肚安慰了几句,便借故匆匆离开。

程北航也懒得拆穿他们,瞥一眼唯一一个留下来的白奕,端着酒杯跟他碰了碰,又开始闷头喝酒。

"你也别跟他们一般见识,大家现在都挺不容易的,毕竟跟在学校的时候不一样了。"白奕说,"说出来也不怕你笑话,我现在其实特别理解你一路走来有多不容易。"

程北航的眼睛亮了亮。

白奕不好意思地笑了,开始跟他说起自己的创业经历。

程北航这才知道,毕业以后白奕向家里要了一笔钱,学着自己的样子开始创业,整个过程中遭遇到的波折不用他多说,程北航也能想得到。

就在好不容易稳住局势,眼看着游戏就要上市的时候,投资方突然反悔要撤资,就因为差了这一笔资金,整个团队又陷入了僵局。

说起这些,白奕颓然地叹一口气:"说到底都怪我们太年轻,可能真的不适合做这些。"

两个人都觉得碰到了知己,惺惺相惜开怀畅饮,没多久就都喝得醉醺醺。

"你也别见怪,我跟他们……"白奕对着门口晃了晃脑袋,"就刚才走了的那几个同学,我跟他们比起来其实也没好到哪里去,最开始过来的时候我也是盘算着要你帮一把,想着你有能力,看能不能先帮我填上投资的这个窟窿,好渡过这个难关,只要扛过去了,事后我宁愿分一半的利润给你,肥水不流外人田,毕竟再怎么说,收益给了自己人也总好过让那些心怀不轨的外来奸商拿走。"

"可是……"程北航为难地顿了顿。

"可是,"白奕醉意上来,直直打断他,"我没想到兄弟你也跟我一样,被那些不入流的手段坑到,才落得如今这般地步。"

"要是有一个机会,我相信你肯定可以重新翻身。"

白奕最后的这句话一直在程北航耳边萦绕，难得有人能够理解自己的境遇，他心下十分慨叹，没想到白奕也遭遇了与自己极为相似的经历，在白奕的身上，他看到了自己的影子。

"我帮你。"

程北航咬牙说出这三个字，但白奕似乎没有听到一样，也没有多在意。只有程北航自己知道，决定帮他，自己下了多大的决心。

酒吧里依旧人声鼎沸，灯光明明灭灭，色彩斑斓又浮夸。

程北航摇摇晃晃却颇有耐心地将面前的酒瓶一只接着一只摆得整整齐齐，他醉过酒的眼睛里绽放出很久以前才有的光芒，像在黑暗里徘徊已久的人终于看到了光亮，他觉得自己可以从深渊里爬出来了。

初冬之后，巷口的那棵老树便完全掉光了叶子，只剩下光秃秃的枝丫，看上去像是瘦骨嶙峋的老人。

顾尔尔踩着厚厚的一层落叶，将手里的一袋子菜从右手换到左手，对着勒得通红的手指呼着气，又裹紧了身上的外套。

进了门却意外看到程北航，她下意识地瞥一眼时间，往常这个时候他应该已经在公司的。

"北航，你今天不用去上班？"

程北航眼神有些躲闪，迟疑了片刻应声道："最近有一个游戏要和外省的公司合作，我被外派去苏城，大概需要一周左右的时间，今晚动身。"

她皱了皱眉，转身将菜放进厨房。这段时间以来，他上下班时间时不时会有些小变动，至于他突然要出差这件事情，她之前也一直都没有听他提起过。

顾尔尔将头发随意地盘在脑后，洗了手坐在外面的沙发上，看着正在收拾行李的程北航，还想要再问些什么，他却没给她开口的机会，又直接进了卫生间。

很快传来淋浴的声音。

她索性作罢，盘腿坐在沙发上继续写她的新剧本。

齐沉看上去总是一副放肆又自大的不正经样子，但是做起事情来毫不含糊，他上次说过投资剧本拍摄的事情已经付诸了行动。《浮生》耗费了顾尔尔六年的心血，本就是质量绝佳的剧本，再加上齐沉有意的推荐以及投资参演的计划，很快便引起了圈内不少人的重视。

其实有齐沉的帮助，顾尔尔一路被带领，既能迅速入行，又可以少走许多弯路，她自然省心不少，但这些天来她也越来越不安。

顾尔尔有些走神地摸着电脑键盘，好半天没有敲下一个字。

林嘉对她的质问也不是没有道理。

虽然她与齐沉之间什么事情也没有，他也并没有直接表明心意，甚至之后再没多提及与感情有关的任何事情，但自那天晚上之后，她总觉得两个人之间的关系发生了一些微妙的变化。

在真正遇到齐沉之前，程北航占据了她的整个生活，虽然她也关注和记挂着齐沉，但那不一样，于她而言，他就像是遥远的神祇，可以爱慕可以崇拜，可以朝着他的方向一路狂追，但永远不会降临在现实里。她也从来没有认真思考过对他的感情，又有什么必要去思考对一尊神的感情呢？

可是现在不一样了。

他真的出现在了自己的生活里，朝她伸手，拉她出泥潭，同她一起实现多年来的梦想，更让她走出对程北航的依赖，教她完全独立地生活。

站在她面前的是一个切切实实有温度的人，所以她不得不面对自己的心跳。

也正是因为这样，顾尔尔越来越没有勇气跟程北航提起与齐沉有关的事情，他只知道她的工作有了起色，但并不知道这其中有齐沉在出力周旋。

越是心虚，越想要掩饰。

况且，她同程北航有七年的感情，人人羡慕他们的感情，也都看好他们的爱情。甚至她可以想象得到，如果下一秒宣布了与程北航的婚讯，所换来的是众望所归的圆满结局，但如果换成她与齐沉，她根本不敢去想象后果。

过去七年里，程北航一直将她放在掌心守着，哪怕出于责任，她也断不能做出伤害他的事情出来。

桌上的手机忽然振动一声，顾尔尔被吓了一大跳。

她原本没有多在意，但紧接着一声接一声的振动，就像拗急了脾气不肯停歇一样，顾尔尔几乎要怀疑手机出了问题。

"程北航，你手机——"她身体前倾，扫到屏幕上不停弹出来的消息，"一直有消息发过来，你要不要先出来看下，万一有什么重要的事情呢？"

卫生间里还是只有"哗哗"的水声，没有任何回应。

不过——

如果真的有特别紧急的事情，就会直接打电话过来的吧。

虽这么想着，但她还是起身将腿上的笔记本电脑挪到一边，打算把手机递过去给他。

她其实没有随便翻别人手机的习惯，即便是同程北航在一起七年，也从来没有过要查他手机之类的想法。

但拿起手机的那一刻，她不经意瞥到屏幕上"资金""借钱"之类的字眼，不由得多看了两眼，再往上翻过去，是那边发来的一个苏城的定位。

顾尔尔一页页翻过程北航和白奕的聊天记录。

哪有什么出差的事情，程北航今晚的行程根本就是为了白奕在苏城的公司，白奕称自己公司周转困难，而程北航出于兄弟义气，答应为他筹措资金。

"吱呀"一声，程北航从卫生间出来，在看到顾尔尔手里拿着自己手机的时候，他伸手擦头发的动作忽地顿住。

半晌，他玩笑着走过来，拥住顾尔尔："怎么？怕我跟别的女同事暧昧不清吗？"

顾尔尔冷着脸没吭声。

"查到什么了吗我的程太太？"他轻松地夺过她手里的手机，湿漉漉的头发蹭在她的耳边，有水珠顺着她的肩膀滑下去，冰冷一片，他伸手抹掉她脖颈间的水渍，声音里没有半分慌乱，"我们在一起这么久，要是我有别的什么心思，早就露出马脚了。你就放心吧。"

"白奕是谁？"

程北航愣了愣，终于确定顾尔尔已经知晓整件事情，玩笑的语气解释道："首先，白奕是男的，性取向正常，所以你不用担心，至于其他的事情……'后宫不得干政'，你就不要操心了。

"尔尔，你相信我，我会处理好的，这一次我肯定能翻身，我们很快就会好起来的,我发誓。"

经历了这么多事情,他都还固执地守着所谓的"梦想",可是它早已经不是当初最原始的梦想,而更是一种不愿意承认自己失败的执念。

他那样炽热的眼神让顾尔尔不忍心再去反驳,她忽然觉得,面前这个一米八三的大男生其实比自己更要不堪一击。

他一直都没能从学校里被大家所供奉的神坛上走下来。

虽然残酷,但现实就摆在眼前,他看不清楚,顾尔尔却已经很明白,她已经没有办法再看他在这个泥潭中越陷越深。

"北航,你知道我们现在还背负着债务的事情吗?一百多万,我们要……"

果然,程北航露出十分不耐烦的样子。

她也没有再说下去,对于他不想要面对不想要承认的事情,他向来都是这副模样。

顾尔尔不想跟他争吵,尽力柔了声音好言相劝:"我不是不理解你的兄弟义气,也不是不理解你的梦想,但是眼下这种境况,我们尚且自顾不暇,又哪有能力去对别人施以援手呢?"

"你为什么就不肯信我呢尔尔?"他皱着眉头,两只手扶在她的肩上用力晃了晃,倏尔又颓然松开,"算了,你根本就不懂,这件事情不要再说了。"

他背过身去将行李箱拎出来，迅速换了衣服，没再跟她说一句话。

一声门响，将屋外的冷气迅速隔离。

手机振动，有十万块收款信息的提示，程北航困扰地按了按眉心，这已经不是他第一次收到这个数目的钱。

他站在马路边，盯着屏幕犹豫了很久，终于点开通讯录里那个号码打过去："你出来吧，我们谈谈。"

天气阴沉得厉害，空气里总像是弥漫着淡淡的一层雾气，让人觉得压抑，但这丝毫不影响林嘉要见到那个人的好心情。

她穿一袭灰白色的大衣，脚下依旧踩一双充满女王气息的高跟鞋，随意地坐在秋千上，几阵冷风吹过，她忍不住起身来回踱着步子，又将手凑在嘴边哈两口气。

这样的天气，公园里几乎没有人，若是没有那通电话，她肯定也不愿意出门半步，但现在她心甘情愿地站在寒风中瑟瑟发抖，她甚至觉得哪怕再落一场雪，也没有什么不可以。

因为喜欢，所以甘愿。

哪怕只是不经意的一个小小契机。

也不知道等了多久，她面前忽然出现一双黑色的鞋子，她仰着脸往上看，他面部线条流畅坚毅，穿松松垮垮的烟灰色外套，衬得整个人干净利落，在他身后有一只不大的灰色行李箱。

"你要去哪儿？"她开口问他，丝毫不再去掩饰自己的感情。

程北航微微低头，看她一眼，没有回答她的问题，只是从口袋里摸出手机递到她面前："这不是第一次了，你究竟什么意思？"

林嘉拢了拢衣襟，声音温和："我只是希望能帮到你。"

"帮我？"他语气中有淡淡的嘲讽，"林嘉，你首先是尔尔的朋友，其次才算是我的朋友，你帮我这件事情尔尔知道吗？"

他总是将顾尔尔放在最前面。

风吹得旁边干枯的树枝交错摩擦，发出硬邦邦的声音，好像就这么硬生生地划在人胸口，林嘉吸了吸鼻子，被吹得散乱的头发遮住眼角的一点通红，声音小得如同蚊蚋："如果没有顾尔尔，我们之间就再没有一丁点儿感情了吗？"

程北航没听清楚她的话："如果你真的把尔尔当作朋友，我希望你做事情之前可以多考虑下她的感受，我不希望我们两个人走得太近，让尔尔误会。"

他说完这句话，推着箱子转身就走："钱我会还回去的。"

"程北航，你等一下！"

林嘉三两步追上去，用力将他拽过来，两个人面对面站着，四目相对,沉默了许久。

"程北航,我……"

林嘉看着他的眼睛,有那么一瞬间,突然就想将自己所有的心思直白袒露出来,但她也深知这种时候说这种话只会逼得他退开更远。

她缓了缓情绪,从理智冷静的旁观者角度去劝他:"撇开我们三个人的关系不谈,也先不去讨论你和环宇的纠葛,单是现下你和顾尔尔的经济状况,你还能保证你们的感情不会出现一丁点儿裂痕吗?"

"你……"程北航被踩到痛处,有些气急败坏地想要辩驳。

其实他心下也清楚,这段时间以来,他和顾尔尔之间频率越来越高的争吵都免不了跟经济有关系,只是他不愿意去承认。

"你先别发火,听我说完。"林嘉说,"其实如果作为尔尔的朋友,有些话我不该跟你说,但是……这也都是你不得不去面对的现实。

"我知道,你觉得爱情和梦想都可以高于现实,也没错,顾尔尔愿意陪着你吃苦奋斗,可是程北航你有没有想过,说到底她是一个女孩子,她更需要家和安全感,而不是永无止境的吃苦奋斗,你能保证你们之间的感情不会在日复一日的经济困顿中消磨殆尽吗？再过两年，你都没有时间再去失败了。"

程北航一只手插在口袋里，直直地站在原地一动不动，他的视线落在不远处低矮的灌木间，半天都没有说话，林嘉也不知道自己的话他是否能听进去几分。

风越来越大，阴云压得很低，天空都变得灰暗。

林嘉忍不住哆嗦了一下，却还是将自己的围巾拿下来，踮着脚绕在程北航的脖子上，他反常地没有躲开，她满心的温热，也不再觉得冷。

临打结的时候，手腕被攥住，她抬眼迎上程北航质问的目光。

"我说过，我只是希望你过得……你们过得好。"她开口解释，不过也立马意识到自己刚刚的话他都听进去了，"我是真的想要帮你，如果有了资金支持，你很快就可以摆脱现在的困境不是吗？只要你点头愿意接受，你要的是资金或是别的资源，只要我有，我必定全力提供。"

程北航不得不承认，自己有些动摇了。

如果有了林嘉的支持帮助，他很容易就可以帮白奕填上那个窟窿，他自然会感激自己，而白奕的能力并不出众，用不了多久他就可以将他打压下去，自己借机一举翻身。

所谓的兄弟义气都不过是幌子罢了，这才是他真正的目的。

既然环宇能用不光彩的手段夺走他的东西，他又为什么不能去夺走别人的东西呢？他也看得明白，在弱肉强食的现实里，要想保住自己的梦想，他必须得踩着残骸往上爬。

而除此之外，他也要想尽办法留住顾尔尔，无论是齐沉，还是别的什么人，都别想从他身边夺走她。

林嘉捕捉到他脸上一闪而过的动摇："北航，有些事情虽然我没有说过，但是我相信你也都能感觉得到，我所用的感情都是真的，你不必觉得愧疚，也不用视我为累赘，无论如何，我都不会害你的。"

末了她微微用力，将绕在他脖间的围巾整理好，打了个漂亮的结，这才满意地松开，语气里带有一点儿蛊惑的味道："就当是为了尔尔，好吗？"

第六章　他只是我……同事

MINGZHONGZHUDING SHUYUNI

自从程北航连夜赶去苏城之后，顾尔尔反倒有舒了一口气的感觉，她终于不用说每句话都小心翼翼掂量，生怕触到他的痛点又引起一场争吵。

也不用……费心费力地扯谎向他隐瞒她与齐沉准备投入剧本拍摄的事情。

想到这里，顾尔尔心虚地红了脸，明明什么都没有发生，她每次面对程北航的时候都会有种做贼心虚的感觉。

她抬手打开水龙头，捧一把水到脸上，又用力拍了拍脸颊，冰冷的水珠带着初冬的寒意，立刻浸满全身。

也不知道程北航在苏城的事情进展怎么样。

她总觉得那个白奕的说辞有些不靠谱，且不说他是否真的缺少资金，即便真的如此，依照程北航这样的经济状况，他明显不是投资的合适人选，白奕再没有经济头脑，也不至于蠢到想要靠一个自己本就债务累累的人去挽救自己的资金危机。

但这种话，她说给程北航听是没有用的。

说来有些可笑，可人就是这样，有时候宁可去相信毫无关系的陌生人，也不愿意听从至亲之人的半点劝导。

敲门声响起的时候，顾尔尔在原地顿了一下，竟恍惚间以为是程北航回来了，只不过这种想法只维持了一秒钟就被否定掉——

程北航是有钥匙的。

她抓过毛巾胡乱地擦了把脸，趿着拖鞋走到门边上，听到外面窸窸窣窣搬东西的响声，这才想起来昨天原本答应了同秦炜彤一起去拿货的事情。

果然，站在外面的秦炜彤拖着巨大的箱子，身后还有两个黑色的大包，分明已经入了冬，她额头上竟还沁出细细密密的一层汗珠。

"愣着干什么啊，快帮我先把东西搬进去。"她伸出一只手在顾尔尔眼前晃了晃，大口大口喘着气。

顾尔尔回过神来"哦"了两声,走到一只黑色的大包边上,用力拽了一把,结果竟然没有任何动静,她不死心地再加了点儿力气。

秦炜彤故作深沉地叹了一口气,将顾尔尔拂开:"你那双手天生是用来拿笔的,这些活果然还是比较适合我这种粗人来干啊!"说着憋了一口气,弯下身子三两下将两只包裹拖进屋子。

顾尔尔不好意思地笑了笑,帮着将那只有轮子的箱子推进去。

"尔尔我跟你说,"秦炜彤连水都顾不上喝一口,献宝似的将手机打开递给顾尔尔看,"我之前不是说按照传统的微商模式经营根本行不通吗?然后我想了新的办法,以一些微故事为蓝本拍了短视频,又跟一些网红联系合作……你看这个……"

视频开始播放。

小清新的色调,故事从男女主重逢的一幕开始切入,在简单舒缓的背景音乐中回忆开始倒退,两个人在一起的日常琐事,从恩爱到争吵,再到陌路,再倒回意外重逢时的感慨。每一帧分开来都是精致唯美的画面,很容易勾起人内心柔软的部分。

4分50秒的一个小视频,看上去并没有任何广告植入,但除了故事本身以外,同样吸引人眼球的是视频中的物件,小到耳环首饰大到白衬衫灰球鞋,都在逆光的镜头下散发出别样的味道,偏偏没有任何购买的链接地址等信息，镜头随意扫过的模糊店铺印记勾得人心痒痒。

网上有人开始一幕幕截图，深扒镜头不经意扫过的Logo，不断像挖宝一样在视频中寻找蛛丝马迹，再追着线索找到秦炜彤的店铺去。

得不到的永远在骚动。

人总是对未知的东西有着无限探索的渴求欲，越是看不清楚，越想要去看清楚，为此宁可费尽心思。

秦炜彤得意地翻出网友的截图，以及近些天的交易量给顾尔尔看："传统的经营都是把东西摆到消费者面前，推着他们去买，但很多时候因为逆反心理，反倒会适得其反，我抓住这个特点反其道而行，吸引住他们的目光，但偏偏把购买渠道藏起来，让他们自己去追着找……"

"哎——"她不满地白了顾尔尔一眼，"你有没有在听我讲啊？"

顾尔尔呆呆地抬眼看她。

从那个简单的小视频里，她看到了自己和程北航的影子，他们在学校里的那些时光，他将她护在掌心中，替她解决所有出现或可能会出现的问题，所有人包括他们自己都笃定两个人会牵手走完一辈子。

"炜彤,你怎么看我和程北航两个人的感情?"

她一脸严肃地抛出这么一个问题,秦炜彤愣了一下,很快便猜到她和程北航之间出了问题。

她安静下来,喝了一小口水之后将杯子放在茶几上,玻璃碰撞发出清脆的响声,衬得整个房间有种说不出的肃静。

秦炜彤从顾尔尔身边退开,双手在头后交叉,以一个极舒服的姿势仰面躺在沙发上。

"尔尔,虽然我不知道你们发生了什么事情,但是能让你问出这个问题,就一定不是平日里的小争小吵,而且,"她闭了闭眼睛,"你心里其实已经有答案了不是吗?你只是不敢承认,不敢放下。按理来说,我应该做个和事佬的,可是……不分青红皂白的劝和,其实是一种很不负责任的行为,我不想对你们的事情多加评断。"

"我只想说一件事情,我做微商整整两年,其中遭遇了多少白眼和冷嘲热讽,尔尔你也知道,但是我一直没有放手,不是因为我舍不得花费的这两年时光,而是因为我的心思真的就在上面。"

这个看上去大大咧咧甚至有点儿傻的姑娘,其实有着比谁都澄澈清明的心思,她从不一味地去相信什么话,也从来不会将自己的心思强行加到别人的身上。

这是她和林嘉不一样的地方。

她同林嘉认识七年，林嘉对她很好，也总希望能给相互最绝对的信任，甚至绝对亲密的关系，但老实说，越是这样，她越觉得两个人之间有种描述不清楚的隔阂。

而同她认识四年的秦炜彤，两人关系其实并不如她同林嘉之间来得亲厚，甚至她连她的基本家庭情况都不怎么了解，她们之间也总会保持一些距离，但每次有心事，她反倒更愿意去听听她的想法。

"炜彤，我……"

手机屏幕亮起。

顾尔尔扫一眼屏幕，又看一眼秦炜彤，最后还是当着她的面接了电话。

"尔尔，前期基本没什么问题了，有份文件需要你下午过来签下字，"不知道是不是在片场，他身后有间断的争吵和嘻嘻哈哈笑作一团的声音，他回头跟身后人嘱咐了什么，声音还残存着些不耐烦，只不过再回来跟她说起正事的时候，还是有难得的耐心和认真，"不出意外的话，《浮生》下个月就可以正式开机，有什么事情最近尽快处理好，之后你要跟着剧组过去，你之前一直没有过直接的经验，这次这部戏投入力度还算不小，你跟着虽然也还是会辛苦些，但是很快就能多学到很多东西，你觉得呢？"

顾尔尔"嗯"了一声:"好。"

电话没有挂断,他像是换到了一个相对安静的地方,顾尔尔听得到他走路时候的呼吸声,她静静地等着他再通知别的事。

"顾小姐,"他忽然有些严肃地开口,等到她一颗心提到嗓子眼儿的时候,他像恶作剧得逞一样,没忍住笑,"怕什么?我只是想说,我帮了你这么大的忙,你有没有想好要怎么感谢我啊?"

她松一口气,机械地回着:"谢谢你。"

电话那边没有出声,还在等着她的下文。

"谢谢你,齐沉,你很敬业。"

她手指用力抠着电话,指节有些泛白,隔了一小会儿之后又补上一句:"我会好好工作,合作愉快!"

客气疏离的几句话将两个人的关系撇得干干净净,意思很明白,我们只是普通的合作关系。

这话当然不是说给秦炜彤听的,而是向齐沉坦白了自己的决心,更是将自己从不切实际的幻想中拉回现实。

秦炜彤今天的意思她不是不明白,她希望自己按照心里最真实的想法来做,而不要因为对过往感情的不舍影响自己的选择。

可是,她同程北航在一起七年,而齐沉只是她多年来的一个梦,她活在现实里,所以不能只因为心跳就任性地放下七年的感情,趁着还没有走到不可挽回的地步,她扼杀掉和齐沉的可能性还来得及。

但齐沉明显很不满意她的态度,再没说一句话,怒气冲冲地直接将电话挂断。

秦炜彤听到"齐沉"两个字的时候有一瞬间的错愕,再联系上顾尔尔不正常的神色,她很快便猜出来几分,也明白了她的决定,既然做好了选择,她自然也没有什么好再去说的。

自那天之后,顾尔尔都竭力避免与齐沉多打交道,但剧本的拍摄她又不能放弃,本来想着两个人还没有发展到非彼此不可的程度,只要自己态度坚决,扛过一段时间,这段尚未萌芽的感情也就过去了,只是没想到总有意外杀得人措手不及。

顾妈妈来的那天,阴沉了好久的天气难得放晴,悬在高空里的太阳照得整座城市都是暖洋洋的,恍惚间让人生出已经到了春天的错觉。

顾尔尔刚刚同几个编剧讨论过剧情的变动,从电梯出来还没有走出大楼,就迎面撞见齐沉,她下意识就要躲,被人抢先几步拦住。

他就这么直直地站在她身前,挡住她的去路,也不说话。顾尔尔被他看得有些心虚,好半天之后僵硬地扯了扯嘴角算是打招呼："好巧。"

他斜着眼看了看她，后退两步靠在柱子边上，依旧不说话。

顾尔尔走也不是，不走也不是，只好尴尬地站在原地，无端有种做贼心虚的感觉。

其实如果撇去她偷偷关注齐沉六年，还被齐沉发现的这件事情以外，她现在跟他也不过是普通的同事关系，或者再多一点也就是普通朋友的关系，而齐沉除了一向喜欢玩笑取乐之外，也没真的对她有过什么过分越礼的行为。

她其实没有刻意去躲开他的必要。

可是……

顾尔尔鼓起勇气没敢看他的眼睛，她想着要找一个什么样的理由离开。

"那个……"她在包里摸索了半天，装作找不到东西的样子，"我好像把手机落在楼上了，我先上去拿下手机，有什么事情下次再说吧！"

"下次是哪次？"他不依不饶地追问。

顾尔尔红着脸答不上来了，这原本不过就是一句客套话，哪里想到他会这么执着地纠结在这个点上。

正值窘迫之际，口袋里有东西嗡嗡作响，振动的声音并不大，但在空旷安静的大厅里却十分明显。

齐沉视线落在她的衣兜上，撇着嘴淡淡地笑了。

原本尴尬的气氛瞬间变得更加尴尬。

顾尔尔干巴巴地笑了一声，在他的注视下无奈地从口袋里摸出手机。

"什么？"

她根本没有办法反应母亲突然到访的事实，想到这段时间里和程北航发生的种种，一时间脸色越发难看，支支吾吾地应着电话："我……好，我等会儿过去接你……他现在不方便……不是，我们好着呢，没吵架……我这段时间没打电话给你是因为……最近很忙，啊？房子……对对对，忙装修……你别去看了，乱糟糟的……"

她慌乱地扯着谎话，默默地后退两步试图避开齐沉。

但其实，电话那边的人因为正在车站那种喧闹的地方，所以整个通话过程都提高了音量，齐沉虽属无意，但也已经将通话内容听了个七七八八，默默地看着她绞尽脑汁圆谎。

几分钟后，顾尔尔挂断电话折回来，低着头为自己之前借口溜走的事情不好意思："对不起，这次是真的有事要走。"

"走啊！"

齐沉几步跨到电梯口按了负一层，见身后没有人跟上来，皱着眉不耐烦地回头看了她一眼,又折身回来将她半推着进了电梯。

荣安市火车站。

虽然不是什么节假日,但这种地方从来都没有不拥挤的时候,顾尔尔穿过马路远远看到售票大厅,她绕过人群开始找出站口,向来没有方向感,遇上这种有好多个进出口的地方,又要在人潮里去找一个人,更是让她头大。

但她没想到的是,齐沉竟然同她一样,完全没有方向感,两个人绕着一个大厅来来去去转了好几圈,硬是没有看到顾妈妈的半个影子。

顾尔尔有些心急,侧过头瞥到身边的人,又忍不住偷偷笑了笑。

也不知道他穿的谁的羽绒服,看上去有些旧,像是怕冷,脖子上围一条宽大的黑色围巾,口罩遮住了半张脸,还扣着一顶厚厚的帽子,完全没有镜头下那般张扬洒脱的模样,混在冬季的人群里,也跟路人甲乙丙没什么两样。此刻面对拥挤的人潮,他明明也已经十分困扰,但依然倔强地微微仰着下巴,似乎不愿意承认自己搞不定一个简单的接人任务一样。

圈内外都传当红艺人齐沉如何如何恃宠而骄,嚣张大牌,但大概没有人会想到他还有这么接地气的一面吧?

齐沉似乎看透了她的心思,整张脸隔着口罩靠近她,声音里有模糊的调笑意味:"怎么,是不是觉得很荣幸?"

顾尔尔被拆穿,别过头去没再说话,后脑勺儿被人拍了一把:"让阿姨共享位置给你。"

没有方向感不可怕,没有智商才可怕。

按照发来的实时位置,没用多久就成功找到了顾妈妈。

"阿姨好。"齐沉接过顾妈妈手里的行李,弯了弯眼睛笑着打招呼。

话一出口又意识到自己戴着口罩跟长辈讲话有些不礼貌,想了想还是伸手去摘,却被顾尔尔一把按住。

"妈,他不太方便……"

顾尔尔没有别的意思,只是不怕一万,就怕万一,毕竟是人来人往的车站,齐沉逞强非要送她过来本身就已经是很冒险的事情,万一今天真的被人认出来,这局面根本不是她能控制的。

但顾妈妈有点儿误会。她看着两个人愣了愣,在电话里要顾尔尔带男朋友过来接她的时候,顾尔尔说他不太方便,她其实也没多想,本以为是程北航生病或是有工作的事情之类的,但怎么也没有想到,所谓"不方便"的男朋友其实已经不是程北航?

顾妈妈询问的眼神立马落在了顾尔尔身上。

顾尔尔和程北航在一起再到后来求婚,这些事情顾妈妈都知道,只是顾尔尔大学四年很少回家,她对程北航的认识也仅仅停留在照片以及偶尔的视频通话中。

而自从求婚又决定买房之后,顾尔尔就很少再主动跟她聊到这些事情,偶尔她打电话问起来,顾尔尔也总是遮遮掩掩匆匆挂断。

顾妈妈对两个孩子实在不放心,又担心他们平日里工作忙,所以特意挑了周末过来,又在电话里叮嘱了顾尔尔带男朋友过来接她,为的就是见一见他,以家长的身份了解下他们两个人的事情。

但现在……

联系到顾尔尔之前吞吞吐吐的样子,再看看她身边的人,顾妈妈疑惑之余自己也猜测出几分。

顾尔尔无奈地拍了拍脑袋,看样子妈妈是真的已经误会了自己和齐沉的关系。

"妈,不是你想的那样,"她指了指齐沉,"他是……"

身后有一波人从出站口一涌而出,撞得顾尔尔一个趔趄,齐沉下意识伸手扶上她的腰际,她回过神来,又立马急着澄清一般用力拍掉他的手。

这个动作落在顾妈妈的眼里,反倒更像掩饰,想到这些天里提到程北航她犹犹豫豫的语气,顾妈妈似乎也明白过来。

"阿姨,我们先出去再说吧。"齐沉侧身让开,再回过头看顾尔尔的时候,帽檐下露出的一双眼睛轻轻眯起来,漾着意味深长的笑意。

"妈,你误会了,"顾尔尔抓着妈妈的手,一副你听我解释的样子,"他只是我同事。"

齐沉把东西放在后备厢后,坐回车里刚好听到顾尔尔的解释,他摘掉帽子和口罩,将围巾拿下来,笑着回过头跟后座的顾妈妈正式打招呼:"阿姨好,我是齐沉,尔尔的——"

他刻意顿了顿,看了一眼顾尔尔,对顾妈妈继续说:"同事。"

顾尔尔一颗心放回肚子,依照齐沉以往的行事风格,她刚刚很害怕他一时起了玩心,当着她妈妈的面说出什么容易让人误会的玩笑话来。

但她却忽略了齐沉突然停顿的语气,反倒让顾妈妈认为是她要逼着他否认关系,顾妈妈的猜测顿时又得到了几分印证。

她看了看齐沉抓着顾尔尔的手,轻轻叹了一口气:"行了尔尔,你别为难他了,也不要再瞒着妈妈了。你们年轻人的事情我也不想多掺和,我知道,你跟程北航分手的事情不肯告诉我是怕我担心,但是尔尔,妈妈也不是那种老古板,虽然对你们的事情不是很清楚,但齐沉我多少也知道一些,现在人气是很高,你们一直没有公开关系我也不是不能理解,只不过——"

她低头盯着顾尔尔手上的戒指"你们已经做好了结婚的打算,

怎么连妈妈都还瞒着？"

顾妈妈万万没有想到一向乖顺的女儿竟然也会做出这么疯狂的事情来，在程北航求婚以后突然换掉未婚夫，但这些都不重要，她已经是成年人，总归有自己的判断，她作为母亲，可以关心、提建议，但也无权过多干预。

想了想，顾妈妈又对着齐沉继续念叨着："阿姨也知道，外边那些报道一向真真假假不能全部相信，但是如果真的准备成家的话，事业最好还是稳定一点，不要再传出那些乱七八糟的绯闻来，不管怎么样，年轻人名声还是很重要的。"

顾尔尔还想解释，齐沉却没有否认误会，一边开车一边应着顾妈妈的话："阿姨，我知道了，您放心，我之前是没怎么顾及那些传闻，加上公司为了抢热度，一直也是睁一只眼闭一只眼，但是以后我会在这方面多花些心思，而且我的合约快要到期了，目前也有打算从台前转至幕后，到时候，无论是事业还是时间，都会更稳定一些。"

这次换顾尔尔惊讶。

齐沉现在的人气，正是如日中天的时候，况且他正值年少，加之实力与颜值都绝佳，即便再过十年，也不会有太大影响，无论怎么看，都没有必要这么早隐退，而且，这个消息，她从来没有听任何人提起过，哪怕传闻也没有。

要么,齐沉这套说辞是应付顾妈妈的唠叨,要么——

顾尔尔想到他之前提及的婚房,难道他真的已经有了神秘女友,也有了成家的想法?

她别过头望向窗外,路边干枯的树木一闪而过,满目都是冬季里的萧索和苍凉,顾尔尔觉得胸口闷闷的。

很快,她又摇了摇头,等齐沉走之后,她和程北航的事情还是要好好跟妈妈解释清楚,可是,两个人现下这种困境,不仅原定的买房计划已经泡汤,而且负债累累,这种事情要怎么跟妈妈解释呢?也不知道程北航和白奕在苏城的事情究竟会怎么样……

"到了。"

顾尔尔睡得迷迷糊糊,感觉身侧车门被打开,她身子一歪,惯性倒下去时被人扶住,抬头便看见齐沉夹杂着戏谑的笑意。

她尴尬地移开视线,迅速下车去追顾妈妈,这才忽然意识到周遭陌生的环境,看上去并不怎么格外出众的小区,独幢的小楼十分吸引人的注意力,虽是冬季,但有不少常青的树木,绿化极好,倒也不显得萧瑟。

齐沉先一步过去开了门,回头触到顾尔尔质询的目光,他笑,像是回答她没说出口的疑问:"婚房。"

顾尔尔瞪大了眼睛,这就是他和程北航一直在争抢的那套房子？

　　她快步上前将顾妈妈一把拉住："妈，先别进去，我有话跟你说——"

　　顾妈妈被顾尔尔突然紧张起来的语气搞得有点摸不着头脑，她一把拍掉顾尔尔的手："这孩子，撞鬼了吗，咋咋呼呼的。"

　　齐沉自然清楚顾尔尔的想法，却故意装出一副温和宠溺的模样，走过来替她解释："阿姨，是这样的，因为房子前段时间才刚刚装修好，尔尔应该是担心里边还没有收拾干净……"

　　说到这里，他又越过顾妈妈看了看顾尔尔："你放心，汶继那家伙看着五大三粗，但还是很细心的，房子肯定不会有问题的。"

　　顾妈妈放心地进门，顾尔尔还要去拦，却被齐沉捉住双手，看似愠怒的声音里却没有丝毫责怪的意味："别闹了尔尔，天这么冷，有什么话和阿姨进去再说。"

　　顾尔尔触电一样从他手里挣脱。

　　他一只脚上前，将她拦住。

　　顾尔尔有些恼了，还没发作，便见他轻微俯身，附在她的耳边："你可以接受那个人一无所有，但你确定真的要告诉阿姨，他已经没了所谓的游戏公司，也根本已经无法支付房款，甚至你们眼下正身陷债台高筑的困境吗？还是你确定你坦白真相之后，阿姨还会愿意让你留在这里？"

几句看似亲昵的密语,落在顾尔尔心里,却如同芒刺在背。她毕业抵死不肯回去,不惜与母亲再三争执非要留在这里陪着程北航,因为她有同程北航七年的感情无法割舍。但是作为母亲,若是真的看清她同程北航在一起的窘迫,就再也没有办法放心让她留下来,只会有更多的担心与不安。

顾尔尔再没有说话,任由着齐沉带她进去。

《浮生》开机在即。

顾妈妈没有待几天就打算回去,临走那天顾尔尔给程北航打过一个电话,那边满是劝酒的喧嚣声响,而他不知道是否还为之前的事情和自己生气,喝得醉醺醺的,没说几句话就挂断了电话。

齐沉帮顾妈妈收拾好了行李,转过头看见顾尔尔阴沉的脸色,笑着揉了揉她的脑袋,扶着她左边嘴角,压低了声音说:"好了,我知道你舍不得,不过没关系,等拍摄结束后我们立马就回来怎么样?"

像是再普通不过的丈夫要带着妻子出远门前的许诺与嘱咐,他的嗓音低沉温厚,带着淡淡的模糊鼻音,有种说不出的蛊惑意味,让人忍不住沉溺。

见她还板着脸愣在原地,他又过去张开双臂将她拢在怀里,当着顾妈妈的面,顾尔尔不好反抗,也出于一点小小的私心,放纵着自己没有去躲开，她放松下来双手环在他身后，鼻尖满是他衣服上淡淡的清香味道，这是不同于程北航的拥抱，温暖而不失力度，她不忍心松开。

顾尔尔想到和程北航之间的种种，只觉得胸腔胀痛，好像自从他创业失败后，两个人就再回不到原本的样子，他朝着他所谓的梦想横冲直撞，她却不得不学着理智。一次一次的劝导之后，两个人背道而驰，距离也越来越远。

车子停下来，顾尔尔带着妈妈进入机场大厅，没过多久，特意"伪装"过的齐沉跟了上去，他低着头兀自把玩着车钥匙，看上去心情不错。

安检的队伍里，顾妈妈抱了抱顾尔尔："你好好照顾自己，不用担心我，有些强求不得的事情就不要执意勉强。"

她似乎话中有话，顾尔尔几乎就要以为她已经看破了自己的谎言，好在她没有继续说下去，转过身拍了拍齐沉的胳膊，想说的话到了嘴边却变成不痛不痒的一句："你们都要好好的，好孩子，都别委屈了自己。"

"妈，你放……"

话没说完，顾尔尔突然别过头僵着身子，神情有些不自然，一副慌乱的样子，似乎刻意在避着什么人一样，对上齐沉的眼睛，她又拼命向他递眼神，示意他先出去。

"阿姨，你放心，我会好好照顾尔尔的。"齐沉说完，好笑地拿过她手里的身份证和登机牌，看着顾妈妈过了安检。

"你到底是在紧张什么啊？"

顾尔尔没有说话，看了一眼通过安检的妈妈，立马从齐沉身边退开。

"尔尔！"

不远处有声音响起，齐沉抬头看见一抹米白色的身影朝这边走来，而顾尔尔像做了坏事被人抓包一样的表情，缓缓抬头转过去，尽可能让自己看上去自然一点，可扯出来的笑容还是有些僵硬："嗨，好巧！"

林嘉快步走过来，她应着顾尔尔的话，目光却是落在她身后的齐沉身上："好巧，我跟我哥过来送一个朋友。"

林江生还是以往温和的模样，笑着朝齐沉和顾尔尔打了个招呼，齐沉也礼貌性地点头回应。

"我刚刚看到你来送伯母？"她笑着跟顾尔尔说话，目光却扫过在一边的齐沉，"可惜程北航不在啊，不然这次伯母过来可算是正式见家长咯？"

她挽着顾尔尔的胳膊，还是以往亲密的样子，也不过是寻常的玩笑语气，但顾尔尔却分明从她的话中听出了几分嘲讽与不满，下意识地从齐沉身边退开几步。

"程北航去苏城之前我见过他一次，看他状态好像不是很好，尔尔，你们是不是又吵架了？"她停顿了一下，从林江生手里拿过自己的大衣披上，也不知道是不是因为动作的原因，她的音调有些上扬，"其实也没什么，他这么奔波也是为了你们的以后，毕竟你们有七年的感情，这也不是谁能够轻易取代的对不对？"

看似随口的闲聊劝慰，句句不离程北航，饶是没有说明白，顾尔尔也明白她的意思，她之前就劝过她不要离开程北航，而她也确确实实保证过，但现在她却和齐沉一起出现送妈妈回去，依照齐沉的脾气秉性，若说两个人只是普通的同事关系，不说林嘉，换做任何一个人，断然都是不肯相信的。

顾尔尔默默地与齐沉拉开距离，动了动嘴唇，下意识地想要辩解，可事实已在眼前，她似乎又不知道该如何开口，只无力地说了声："林嘉……"

齐沉紧跟着顾尔尔后退两步，明目张胆地一把将她拉到自己身边，倒是没有看林嘉："程北航跟顾尔尔的事情我不是很清楚，但是从一个男人的角度来看，我确定程北航不会喜欢装模作样的虚伪女生。"

他面无表情，说得极快，语气淡淡如同陈述一个事实，听不出任何情绪。

林江生张了张嘴，似乎想要说什么，犹豫了半秒钟，最终作罢，可林嘉却忽然变了脸色，只一瞬又恢复了笑容，她并没有理会齐沉的话，紧了紧身上的大衣，然后转身朝出口走去，临别之际她忽然回头颇有深意地看了顾尔尔一眼。

那一眼，顾尔尔记得清楚，有恼怒、悲悯、失望，还有一些她自己也说不上来的东西。

想来，这世间所有的结局都是有迹可循的吧，只是当局者迷，身处那些变动之中却看不清楚，许多年之后再细究起来，才会发现许多破裂的美好大概都是从那一刻开始发生变化的吧。

从机场出来，扑面而来的冷气让人忍不住颤抖，林嘉却连呼吸都变得急促，这些年用力压抑的情感在这一刻悉数爆发，她只觉得心脏剧烈跳动，那些黏稠的血液正加速在周身涌动，她终于可以下定决心了。

她在车前止步，说话声都在发颤："哥，帮我订到苏城的机票，越快越好！"

"嘉嘉，"林江生微微低了低头，伸手摸了摸鼻子，似乎在思考该怎么开口，"最近这段时间，你银行账户有多次转账记录，而且加起来数目不小……这些并不是用于你的日常消费。"

林嘉从来不在物质上亏待自己，吃穿用度完全凭着性子来，但也并非毫无节制与计划，而且每一次买到喜欢的东西，总会像小女生一样来林江生面前炫耀一番。可这段时间以来，她竟然没有再问林江生要钱，也没有随性购物的迹象。

　　这不是林嘉的习性。除非她不缺钱，或者她的资金用途有鬼，不想让林江生知道。

　　"哥，你查我？"

　　她不可置信地抬头看林江生，鼻子冻得通红，说起话来眼睛里有一层薄薄的泪意，让林江生有些不忍。

　　"嘉嘉，你知道，我一向都不插手你的消费，但是程北航不一样。"他试图说服她看清事实，"说得不好听一点，他根本就是一个无底洞，他自己看不清楚，难道你跟着我在各种圈子里这么多年，都看不清楚吗？他的失败根本不在于环宇，也不在于资金的问题，他太自以为是，不肯接受现实，你比谁都明白，即便没有环宇，即便我把半个林家投资给他，他也还是一样的失败结局……"

　　"你别说了。"林嘉闭了闭眼睛，"他会成功的。"

　　说完她便转身折回机场去。

　　是了，落入爱情，哪怕全世界都说那个人一无是处，她也一样置若罔闻，视他如同完美的神。

林江生望着林嘉毅然决然的背影，无奈地叹了一口气，拨通一个号码："晋白，嘉嘉去苏城了，会订最早的一趟航班，你跟过去看看，我不放心。"

第七章 我喜欢你，始于六年之前

苏城。

林嘉下了飞机，刚打开手机便收到短信提醒，有十来通未接来电，除却余晋白和林江生的两通之外，余下全都来自程北航。

她扫一眼屏幕上的名字，苦笑了两声，凛冽而过的风很快将她眼角的泪花吹得干净，她每次看到那个名字都还是忍不住心跳，可她甚至不用猜测，也明白他打电话过来找她所为何事。

也罢，如果金钱是联系他和她之间唯一的纽带，那她该庆幸自己生在林家，恰好有向他施以援手的资本。

她裹紧外套朝出租车招手，上车的时候手指快速在屏幕上敲下一行字：

  这次需要多少？发你的定位给我。

  程北航正奋力地敲着代码，电脑屏幕上微蓝的亮光映着他极为专注的神情，修长的手指熟稔地敲击着键盘，即便察觉到手机振动，双手也未有一丝停顿，只是微微偏了头，目光扫过手机屏幕，看到短信内容的时候，眼底才有一点儿波动。

  这些天里，很少再见白奕的踪影，他依旧四处拉投资，而他则和同事没日没夜赶项目。

  白奕说过，之前的游戏项目因为资金短缺，没能及时上市，错过了最佳时机，他们决定等到程北航做出新的游戏，这次要提前筹备好足够的资金，计划为新游戏造势之后，再紧接着将之前的游戏推上市面，希望借程北航的新游戏来打破因为错失良机而形成的僵局。

  程北航看得出来，白奕将他看得极重，也对他极为依赖，一切都按照他想象中的在发展下去，他还差这最后一笔钱，等到手头的项目完成，他便可以借机取代白奕，成为这个公司的老板，借它来成全自己未完的梦想。

  无论是盛纪还是环宇，他总有一天要击垮它们，而顾尔尔……谁也不能再从他身边夺走她。

他终于停下手头的动作，在手机上快速地输入一个数目，又发过去一个定位，嘴角勾起一个淡淡的弧度。

"咚咚咚！"

有敲门声响起，紧接着几个身穿警服的人进来。

"程北航？"

程北航从电脑后面抬头，然后直起身站起来点了点头，虽觉得有些摸不着头脑，但还是不自觉紧张起来。

最前边的高个子警察走过来，目光冷冷地从他脸上掠过，然后亮出证件："你好，我是苏城公安局刘柏舟，你涉嫌参与虚拟公司诈骗案件，请配合我们回去调查。"

"我没有……"程北航皱着眉头忽然顿住，想到近日不见踪影的白奕，他心里凉了一下，有什么不好的念头从脑海中一闪而过。

他觉得脑袋有些重，说不出是理不清还是不愿意去理清的头绪乱糟糟地缠成一团，最终他没有再多解释，垂着头跟了出去。

林嘉是在公安局见到的程北航。

他颓然地靠坐在椅子上，白色的灯光从头顶落下来，打在他毫无血色的侧脸上，他头发凌乱，下巴上有一层淡淡的青色胡楂，目光虚无，也不知道看向哪里，整个人神情恍惚，像是疲惫到了极点。

"北航？"她走过去，轻轻喊了一声。

他依旧保持着原来的姿势，没有任何反应。林嘉只觉得心脏像被一记重锤敲下去一样，她鼻子一酸，几乎有泪掉落，好半天之后，她才敢慢慢靠近，鼓起勇气将他抱在怀里。

第一次，他没有再推开她。

隔了很久，他才缓缓地动了动，如同冰冻之后终于苏醒一样，侧过身子伸手环上她的腰际，侧脸贴在她的胸前。

林嘉想起他被环宇算计的那一次，她隔着一扇玻璃门看着他落魄绝望的样子，他也是这样抱住顾尔尔才慢慢回过神来，而这一次在苏城，他的落魄只有她看得到，她也终于可以光明正大地站在他身边安慰和帮助他。

她蓦地觉得心底有一丝淡淡的幸福，像是偷偷舔到刀柄上的蜂蜜，危险而甜蜜。

可是她没有听到，靠在她怀里的程北航低低呢喃着的声音："尔尔……"

天快要亮了，无数林立的高楼之后透着淡淡的灰白色，苏城的冬天容易起雾，整座城市浸在一片迷蒙之中，有早起的摊贩开了灯，暖黄色的光线在雾气中划开一角，食物的香气迅速蔓延开来。

透过层层白雾，有脚步声越来越近，慢慢透出一个模糊的高挑身影，再近一些的时候隐约可以看见年轻的面部轮廓，他紧紧皱着眉，倦怠的神色下透露着掩饰不去的担心和不安："小嘉。"

他匆匆走近，将手里的外套披在她身上，又将她一双冰凉的手捂在自己掌心，抿了抿唇："小嘉，你跟在你哥身边这么多年，这种空壳公司你应该一眼就可以看得明白的，可你明知是骗局，还是一直拿钱给他，何必呢小嘉？"

"我知道，晋白，"林嘉淡淡地开口，"那种空壳公司甚至只要稍微去查下组织机构代码，就可以拆穿。"

"可是程北航，他对梦想太渴望了，所以他根本没有心思去冷静地考虑是否是骗局，哪怕有一点机会，他也会不顾一切代价去尝试。"

她一整晚没睡，眼睑处有一圈淡淡的阴翳，整个人略显倦态，又穿得单薄，受了风寒有些感冒。她看了看满脸担忧的余晋白，哑着嗓子，声音有些模糊："顾尔尔已经跟以前不一样了，她看清了现实，学会了理智，所以才会一再反对程北航的固执。但程北航需要的不是这样的理智，而是对于他梦想的理解，是敢陪他一起冒险尝试的人，我自知争不过顾尔尔和他七年的感情，但如果，我换一种方法，在所有人都责备和反驳他的时候，依然顺着他的想法支持他，或许我可以在这场感情中赢得一线希望。"

余晋白轻轻叹一口气，眉宇间满是心疼与无奈。

接到林江生电话的时候，他正跟着导师参加外地的一个演讲，听说林嘉为了程北航不顾林江生的反对一个人跑来苏城，他整个后半场都心神不宁，好不容易等到结束，便立马追过来，果然，是出了事。

苏城公安局最近接手一起诈骗案件。

"天泰进出口贸易公司"与同城一家网络科技公司签订了计算机采购业务合同后，负责人携220万定金落跑失联。

而白奕正是这起案件的头号嫌疑人。

白奕所谓的游戏公司其实不过是临时租用而来，早在他联系到程北航之前，他曾伙同另外一帮人以这样的虚假公司地址，成立了所谓的"天泰进出口贸易公司"，紧接着在朋友的介绍下同苏城一家网络科技公司签订了计算机采购业务的合同，在收到220万定金以后打算就此逃匿。

但不料在荣安市又遇上事业受挫的程北航，白奕一时动了心思，想要趁机再骗一笔钱到手，于是编了与程北航极为相似的境遇，再加上两个人同学一场的情谊，成功将他带到苏城所谓的"公司"，轻而易举使他上钩。

这也是他接二连三地要求程北航投入资金，却又以错过最佳上市时机为由，一直并未对所谓的游戏项目有过任何动作的原因。

直到与白奕合作计算机采购业务的那家公司察觉到问题，报了警之后,白奕才不得不放弃程北航的最后一笔资金而逃跑。

程北航虽并不知情,但因为与白奕有私交,近期又有频繁的资金往来,加上他也一直带着一批人在白奕租用的场地"办公",所以程北航因涉嫌参与白奕的诈骗活动,被带去公安局调查。

熹微的晨色里,面前瘦削的女孩子眉头紧锁,她低头抱紧双臂,咬了咬嘴唇,倏尔又惨淡地笑开:"我知道,顾尔尔的心思已经在齐沉身上了,哪怕她不承认……"

"我真的没想毁掉和她的感情,也是真的希望她能和北航好好走下去,"她声音飘忽不定,夹杂着些不忍心的失望,最后变成坚决的狠戾,"可是现在,是她先背叛……既然她不能陪着北航走下去,那就换我来。"

"小嘉……"

到了嘴边的劝慰最终还是没有说出口,余晋白低低苦笑一声,上前一步抱了抱她,很快又松开。

从小到大,林嘉都同他亲厚,所有人也都看好他们的感情,但他知道,她的心思从来不在自己身上,他也不愿意找什么理由去勉强她,只希望日后陪在她身边的人,是值得她用心的那一个。

"晋白,你帮我找律师过来,尽快洗脱程北航的嫌疑。"林嘉恢复冷静,似乎在计划着什么,语气里有别的意味。

余晋白不太明白她的意思，不可思议地看着她："程北航根本没有参与白奕的诈骗，严格说起来他其实也算是受害者，这种事情根本不需要什么律师，而且他也只是被带过去调查，警察那边并没有什么实质性的举措，他们很快就会弄清楚的……"

林嘉没有回应他的疑惑，顿了顿又说："带律师过来的事情，必须要让程北航知道。"

她知道这种情况用不到律师，但这根本不重要。

她想要的是让程北航知道，在他落难的时候，是她用尽全力帮他解决问题，也只有她，会不顾一切地帮他。

齐沉装修完工的"婚房"在送走顾妈妈，又自住了一段时间以后，才迎来了一场迟到的乔迁庆祝聚会。

到场的全是翌日便要正式开拍的《浮生》剧组人员，其实也是借机替顾尔尔拉拢人脉。

齐沉难得心情大好，竟要亲自下厨，他踩着拖鞋，穿松松垮垮的居家服，系上一条格子围裙，再配上他颇为流畅的料理功夫，背影看上去倒像十足的"居家好男人"，哪还有平日里半分跋扈不近人情的样子。

年轻的小助理捧心状趴在厨房门口眨巴着眼睛："没想到从良以后的齐沉哥这么……"她想了半天也没找到一个合适的形容

词，最后攥着拳头心一横，"有魔力！齐沉哥，我收回之前对你所有的愤恨，黑转粉现场表个白可以吗？"

齐沉抬手将盘子里的辅料倒进锅里，香味瞬间四散，他侧过头朝门口瞥一眼，勾着嘴角，恢复十分欠揍的语气："表白出门左转拿号排队！"

"我决定了。"小助理咬咬牙从沙发上翻下来，"齐沉哥，我今晚回去就偷户口簿，我要娶你……哎哎哎……"

话没说完，小姑娘被韩汶继提着领子丢了出去："小朋友，要做梦先回家去啊，乖！"

"怎么，汶继你也想娶我啊？"

齐沉举着木铲转过身来，看着这一幕满脸玩味："不过，虽然你暗恋我这么多年，但是很抱歉，你也没机会了啊。"

他不经意地朝角落凳子上瞥一眼，眼底的笑意更深。

顾尔尔已经在角落里坐了一整个上午，她低头把玩着手机，目光一刻也没有离开过黑漆漆的屏幕。

从昨天开始，她打给程北航的电话就一直是无人接听状态，以往再怎么起争执，程北航都不会无故不接她的电话，除非……

顾尔尔眼皮跳得厉害，她越发觉得心慌，总有一种不好的预感，她担心程北航在苏城出了什么事情。

越想越不安，她忍不住又按下拨号键，一动不动地盯着屏幕上不停转动的呼叫图标，忽地嘴唇传来冰凉的触感，有微甜的味道在舌尖化开。

她一时没有反应过来被吓到，低呼一声往后倒去，被人拦腰稳住，面前是齐沉放大的笑容，他温热的气息落在她耳边："怕什么？难不成你也跟他们一样在想着娶我的事情？"

他手腕微微用力，再递过一瓣小橘子到她嘴边，随意地笑着。

顾尔尔用力抠了抠自己的手心，小橘子的味道还在口腔徘徊，她克制着自己的心跳，目光微微下垂，刚好落在他没来得及收回的手上。

"怕我啊？我又不是什么豺狼虎豹，你躲着我干什么？还是说你对我……坦白从宽，是不是觊觎我很久，所以心里有鬼？"他笑，"尔……"

顾尔尔察觉到手机轻微振动了一下，立马回过神，轻咳了一声站起身来，往后退几步，与齐沉拉开距离。

齐沉扫一眼她屏幕上的那个名字，笑容顷刻间冷了下来。

苏城酒店里。

房间里厚厚的遮光窗帘被拉得严严实实，屋内漆黑又寂静，放在桌子上的手机振动声被突显，固执地一遍遍响起来，如同拗着一口气不肯停歇,屏幕上微微的光芒亮起又熄灭,往复循环。

有颓废的身影浸在黑暗中,他纹丝不动如同一尊雕塑般坐在沙发上,较劲儿般同样固执地盯着明明灭灭的手机屏幕,却始终不肯伸手去接,随着时间一寸寸淌过,他眼里残存的最后一点光亮也慢慢消失。

房门被用力推开,涌进来一小簇光线,室内的黑暗变得淡了些,映着林嘉紧紧皱着的眉头,她在门边站了站,用力扯出一个笑容,装作轻松的样子跨过去将窗帘全部打开,这一次,整间屋子变得明亮起来。

"北航,我跟你说,这个是苏城最有名的小吃,"她把盒子放在他面前逐一打开,视线划过不停振动的手机时,顿了顿,很快又恢复过来,献宝一样继续摆弄着手里的食物,笑着耐心劝他,"真的好吃,我不骗你,我早上排了很久的队去买的,你试试吃啊?"

程北航却像没有听到一样,依然固执地盯着手机,看着它停止振动。

林嘉放下手中的东西,沉默了半天,最后直接伸手过去拿起手机,瞥一眼未接来电提示,声音平静:"她打了很多个电话,我帮你回过去给她,她会过来的……"

手指即将按下拨号键的那一瞬间,身边的人忽然站起身,一把拽住她的手腕,他的力度太大,攥得她生疼:"别打。"

林嘉作罢，他松开手象征性地吃了几口她带来的东西，起身进了浴室。

　　客房隔音效果很好，浴室里传出来的水声变得模糊不明。

　　林嘉看一眼再次振动的手机，别过头看了看浴室，然后上前一步俯身拾起手机："尔尔，是我，北航出事了。"

　　她将程北航再次上当受骗的事情一五一十说得清楚，不经意般提到她找了律师帮程北航解决了问题的事情。

　　听着那边忽然陷入的沉默，她嘴角的笑意迅速消散，旋即对面传来有些崩溃的声音："怎么会这样呢？不可能，程北航他只是逗一时的兄弟义气，他根本没有钱再去投给白奕，所以也不会被骗到什么的啊……"

　　"对不起，尔尔。"林嘉声音变小，无辜得让人不忍心责怪，"是我……借钱给程北航的，你知道，我们三个一路走过来，我是希望你们都能过得好，我也希望自己可以帮他一把，只是没想到……"她没有说下去。

　　顾尔尔也再没有出声，像溺水的人丢掉了最后的希望，再无力气去挣扎。

　　程北航从浴室出来的时候，林嘉还保持着接电话的姿势站在桌边，她回头去看他的目光里也满是坦率。

程北航盯着她手里的电话，很快意识到她做了什么事情，几乎是在一瞬间，他疯了一样顺手抓起手边上的吹风机就朝林嘉砸过去，他有些失控地大声嘶吼："我不是说过不要告诉她吗？！"

林嘉没有躲闪，从她耳边划过的吹风机钩住她的耳钉，她皱了皱眉头，伸手摸过去是触目惊心的血迹。

看到她耳边血淋淋的伤口，程北航眼神闪了一下，动了动嘴唇却没有说什么，但很明显火气已经消散了一半。

林嘉将他这些细微的变化全都看在眼里，她平静地走过去抽出两张纸捂住耳垂，落寞地笑了笑："我知道，这个时候最该陪在你身边的应该是她，而不是我。没关系的，北航，我也知道你怕她担心，怕她因此慌乱出什么事情，但是你放心，她现在跟以前不一样了，可以自己处理很多事情，况且还有齐沉护……"

她忽地顿住，比程北航还要快地意识到自己说了不该说的话，僵着脸愧疚地笑了笑，然后解释："对不起啊，其实……也没什么，毕竟他在圈内的成就大家都有目共睹，也算是说得上话，能帮到尔尔也是好的，你不要多心，你和尔尔有七年的感情，不会因为一个齐沉就怎么样……"

她字字为顾尔尔开脱，句句是劝导，可这些话落在程北航耳中，却如同重磅炸弹一样越发将他摧毁。

是，他和顾尔尔有七年感情，可是他们除了感情以外，现在一无所有，顾尔尔已经不再像从前那样依赖他，要是他一直没有任何成就，早晚有一天，他会耗光最后的感情，只能眼睁睁看着顾尔尔从自己身边离开。

他忽然冷静下来，什么话也没有再说，重新拿了两张纸朝林嘉走过去，松开她捂着耳朵的手，将沾满血迹的纸巾拿下来，帮她擦干净伤口，然后给前台打电话要来医药箱，耐下心来帮她处理了伤口，最后缓缓地说了声："对不起。"

顾尔尔自从那通电话接通以后，脸色便一点一点变得煞白，一直惴惴不安的她像忽然确认了什么事情一样，整个人呆呆愣愣地站在原地，不言不语如同被人抽去了灵魂。

"尔尔？"齐沉晃了晃她的肩膀，再看向她手机的时候眼里多了几分怒意。

他一直努力将她从程北航的泥沼中拉出来，可是每一次他竟然都能再将她拉扯回去。他不否认他们之间七年的感情，但如今，这究竟是爱情，还是在爱情的幌子之下自私的占有欲，他已经不想再去深究。

"我不拍《浮生》了。"顾尔尔清醒过来，冷冷地说了一声，往后退开，将自己与齐沉的距离拉得很远，低头翻着手机就开始订票,"我有事要离开一下。"

齐沉皱着眉头追上前两步,用力按住她:"尔尔,你听我说。"

她一把将他甩开,声音又绝又狠,似乎也想要杀死自己不该生出的感情:"齐沉,我有男朋友,我和程北航在一起七年,我们得订婚结婚。"

他眼里的光暗了下去,有一瞬间的晃神。

顾尔尔趁着这个间隙从他身侧绕过去,直直冲向门口,慌乱中踢倒凳子,水果踢得翻落一地。

"顾尔尔,你听我说!"他提高了声音朝她吼,然后斜着身子跨过去将她揽在胸前,不顾她的挣扎将她禁锢在狭小的空间内,将她一只手放在自己胸口,另一只手按在她自己胸口,"顾尔尔,你自己感觉,这颗心脏不会骗人,对,七年前是你选择了他,但是尔尔,谁都会有做错选择的时候。

"尔尔,你想一想,这些年来你对他的感情,究竟是爱,还是倚赖?"他扶着她的肩膀,认真地看她,"你们女孩子总喜欢所谓的'安全感',而这些年里程北航恰好能帮你解决所有的问题,你觉得同他在一起你可以不去做自己不喜欢的事情,所以在他倒下之后,你才会开始慌乱,你们最开始发生的争吵,是因为你觉得不安,再后来,你没有办法再去依赖他,不得不自己站出来同人周旋,你慢慢独立起来,心底的不安变成了对他的愧疚,这些都算是爱情吗？"

　　他说了很多，语速极慢，但一字一句落在顾尔尔的心里，就好像有什么东西终于被刺破。

　　"如果是这样，尔尔，我很抱歉，没能先他一步陪在你身边。"

　　"齐沉。"她抬眼看他。

　　既然她一早就已经做好了选择，至今也没有理由再自私地放任自己贪恋齐沉的感情，她已经是成年人。

　　成年人意味着她断不可能像十六七岁的小姑娘一样，依靠着所谓的心跳去追求爱情，程北航守着她这么多年，即便没有感情，她也有责任偿还他所用过的真心。

　　"你错了齐沉，"她尽可能地让自己的声音听上去平稳冰冷，"我和程北航在一起七年，你知道七年是什么概念吗？无论我对他是爱，还是依赖，这都改变不了我们以后要步入婚姻的事实，我很感谢这些天以来你的帮助，但是也仅仅这样。"

　　"至于你所说的心跳，"她笑，"齐沉你看，那么多人喜欢你，随便带一个过来，都没有人不会心跳的吧？更何况，我是你六年的资深粉。如果因为这个，你就觉得……"

　　"齐沉，要是这样，你可能会妻妾成群……"她瞥到围在厨房门口的剧组人群，推开齐沉，又笑了笑，淡淡的口吻玩笑道，"你古装戏拍多了，真以为自己是皇帝吗？"

没有人笑，原本喧闹的人群也变得安静，顾尔尔越发觉得心慌，下一秒就想要冲开人群逃出去。

"我喜欢你，"她顿住脚步，身后有低沉舒缓的声音传入她耳中，像梦境一般虚幻恍惚，"我喜欢你，始于六年之前，确定于六年之后，耗费了这么长时间，才来到你身边，真的很抱歉。"

安静的人群陷入纷纷的议论之中，可他们喜怒哀乐的情绪，顾尔尔都看不到了，她只听见自己忽然放大的心跳声，明明自己都坚定了决心的啊，为什么这一刻还是犹豫了。

她回头看他，或许下一秒他又会是坏笑的模样捉弄她呢！可她从那双漆黑的眼睛里只看到了前所未有的专注和认真，一如她在那支MV里看到的少年最开始的样子。

他没有再逼问她，低头拿过她手里的手机摆弄半天，又递回她手里："去苏城的机票我帮你订了，早去早回。"顿了顿，他说，"对我，你不必拒绝或是接受，也不必为我的感情觉得困扰，去处理好你自己的事情，我们之间……"

他笑，眉目里满是自信："来日方长。"

"啊——这是要公开恋情了吗？可怜我刚刚转粉就要面对这么残酷的现实，我还没来得及偷出户口簿呢就没机会了？"身后传来小助理哀号的声音，"韩汶继，你板着张脸也没用，你的暗恋到此也就要结束了……"

他没说话，冷冷地扫了一眼小助理，她立马识趣地闭了嘴。

人群议论着散开，重新投入聚会之中。

韩汶继转过身，附在齐沉身边压低了声音"你,真的决定了？"

他嘴角的笑意还没散去，隔着巨大的窗户看着楼下的身影慢慢走远，漫不经心地对着韩汶继点了点头。

顾尔尔赶去苏城的时候天已经擦黑。

林立的楼宇之后有灰暗的阴云，凛冽的风迎面而来，灌进她的脖颈间，吹得她忍不住抖了一下，今年的冬天似乎格外冷。

她定了定神，朝程北航的房间走去。

是林嘉开的门。

顾尔尔觉得胸口猛地颤了一下，过往的许多细碎片段好像突然串在了一起，有什么她不愿意相信的真相几乎要浮出水面。

"为什么这个时间你还会出现在他房间里？"

到了嘴边的这句质问，她终究没有说出来，无论是她，还是程北航，都欠林嘉的太多了，在林嘉替她帮着他的这个时候，她根本没有资格去质问林嘉。

"你一直没有过来，所以这几天都是我在陪他。"林嘉看着发愣的顾尔尔，倒也没怎么掩饰，又侧过身将她让进里屋，"北航，尔尔来了。"

顾尔尔苦笑，好像她才是多余的那个，像普通朋友善意的探望一样。

程北航看到她的时候，黯淡的眼神忽然亮了下，转瞬又冷下去，他微微侧头，作势朝她身后张望，言语间满是嘲讽："怎么？你一个人来的？你那个八面威风的齐沉呢？没陪着你一起过来？"

顾尔尔看着面前根本已经丧失理智的程北航，忽然觉得疲惫，她走上前去柔了声安抚解释"北航，没有齐沉，你不要多想好吗？"

他冷笑着看她。

"北航你知道吗，我的剧本《浮生》明天开始就要正式投入拍摄了。"她试图转移话题，用好消息来燃起他的希望，"你跟我回去，我们很快就会好起来的。"

"齐沉是主演吧？"他背过身去站在窗户边，没再看她，声音里冰冰凉凉满是绝望，"以前是我护着你，现在我失败了，我知道，你觉得我没能力，也护不了你，齐沉多好啊，什么都有，大众男神，顾尔尔，你又何必要来找我，安安分分待在荣安做你的明星太太不好吗？"

"我没有。"她辩驳道，"我从来没有怀疑过你的能力。"

"你信我?"

"我一直都相信你。"

"那好,我跟你回去。"他突然转过身朝着顾尔尔扑过来,双手用力钳制住她的双肩,林嘉冲过来想要将他拉开,还想再说什么,却被他反手一把推开。

他瞪大的眼睛通红一片,如同走火入魔般盯着顾尔尔:"我跟你回去,我们结婚,立刻马上,怎么样?"

顾尔尔不说话了,像被钝重的器物击中后脑勺儿,她只觉得大脑空白,有些眩晕恍惚,连张口的力气都没有。

他松开她,像被放尽了空气的气球一样,整个人迅速瘪下去,无力地瘫坐在地上:"你犹豫了。你说得对,我那时候根本就不该买房子……"

他声音越来越低,目光涣散,像茫然无助的孩子。顾尔尔没听明白他说的话,但林嘉听得清楚。

他说,如果我那时候没有冲动去买房子,你就不会遇见齐沉。我早该想到的,从你见他第一面开始,就该知道,自那时候起,我便一点一点失去你。

很久很久的沉默之后,他对着顾尔尔开口:"你滚吧。"

"程北航，你不要这个样子，我会跟你结婚的，只不过不是现在。"顾尔尔克制着情绪，耐心地劝慰他，"你看，我们两个人回去重新开始，我的……我们好好工作，很快就可以还清债务，再还清林嘉的钱，到时候好好办一场婚礼好不好？"

提到债务，他再次激动起来："债务债务？顾尔尔，你以为我做这么多为了什么？还不是为了能让你过得好一些，不用跟我一样出来看人脸色，不用让你跟着颜姐那种神经病住在一起，不用为了一点点水电费就愁眉不展！要不是为了你，我至于背负这么沉重的一笔债抬不起头吗？"

他越说越愤怒，到头来竟将这一切全都归咎于顾尔尔身上。

她气极："程北航，你看看你现在的模样，敏感懦弱，自私偏激，你不肯承认自己失败的事实就把责任往别处推，你一而再再而三失败受挫，难道就不能反思下自己吗？你口口声声问我信不信你，我从来都没有怀疑过你，自始至终不相信你的只有你自己，你自甘堕落，我能怎么样？"

她一口气说完，不顾林嘉的劝阻，摔门而去。

程北航终究是回了荣安市，但两个人就此陷入有史以来最为严重的一场冷战，谁也不肯先低头。

顾尔尔没日没夜地跟着剧组，将全部的心思投入工作之中，耐心地和导演沟通，又主动帮助状态不佳的演员分析剧情，甚至连订餐跑腿这种事情都一力包揽。

小助理都看不下去，忍不住低声嘟囔："尔尔姐这……把整个剧组的活都包了啊，可就是避着齐沉哥，他们到底……"

她眉头骤然松开，眉眼弯弯："哎，是不是说明我还有机会？"

韩汶继白了她一眼，将抱在手里的几根棍子丢给她："把这些东西收拾好，你齐沉哥明天的打斗戏我可交给你了。"

小助理接过的时候不自觉"嘶"的一声，手臂往下一沉："哎，好重！"她不满地朝着远去的背影号，"不是道具吗？怎么用真的啊？"

"你这新转的粉丝就是不靠谱，你男神拍戏从来都是玩儿命的，这你都不知道吗……"韩汶继没有回头，背对着她晃了晃手臂。

一个转身，韩汶继跨进旁边的临时休息室："她现在这样，你真的一点都不担心？"

薄毯下传来模糊不清的懒散声音："她又不是小孩子，我有什么要担心的？她自己的感情问题总是要靠她自己解决，我出手只会适得其反，她是独立的个体，不需要也不该靠任何人帮她做决定。"

话是这么说，可等到韩汶继出去，他掀开毯子起身，泡好姜茶装在保温杯里，偷偷送去她手边，又一副若无其事的样子躺回来继续睡着。

将这一切看在眼里的韩汶继,低声叹了一口气。

接到林嘉电话的时候,顾尔尔正在给年轻的新演员讲戏,她低头瞥一眼手机,将剧本还回去,抱歉地朝对方笑了笑,然后转过身:"林嘉?"

"尔尔,我明天生日聚会,你是忘了吗?"她声音哑哑的,听不出来情绪。

"对不起啊,我最近太忙了。"

顾尔尔生出几分愧疚,林嘉每一年都会提前很久帮顾尔尔准备生日礼物,而到了林嘉这里,她竟然连日期都忘掉,更何况,林嘉帮她太多太多,而前不久,她更是一笔又一笔地借钱给程北航,在苏城的事情几乎全部都倚赖于她,程北航才得以脱身。

她们两个人之间的关系,已经远不仅仅是当初最简单的朋友。

"没关系,我知道。"她隔着电话轻轻笑了笑,"顾大编剧,就明天,你什么都不用准备,我只占用你半天时间好不好?就当作这半天是生日礼物了好吗?我们很久都没有好好地在一起说说话了。"

她语气软软的,顾尔尔根本说不出拒绝的话来。

林江生对妹妹的宠爱，以及林嘉在整个林家的地位，通过她盛大的生日聚会就可见一斑。

　　整个现场布置得如同梦幻的童话世界，除却精美的大型蛋糕以外，更引人注目的是到场的各界有头有脸的人士，其实也不过是二十来岁的小姑娘生日，但林家涉及产业颇多，加上林江生绝佳的人缘，自然不乏有人赶着捧场，当然，林嘉待字闺中，少不了有人心存侥幸，盼着借机抱得美人归，又能从林家分一杯羹。

　　天下熙熙，皆为利来，天下攘攘，皆为利往。

　　说到底，也不过是为利益罢了。

　　顾尔尔一眼看到林嘉，她穿白色的礼服，精致的妆容衬得整个人神采奕奕，而站在她身边的程北航，若撇去身上的浮躁与颓然，他们站在一起倒也真的是般配。

　　"尔尔！"林嘉喝得有些多，脸上泛着红晕，看到顾尔尔的时候拍了拍身边的程北航，递了个眼色，然后远远朝着顾尔尔挥手。

　　程北航背对着她，看不清楚神色，顾尔尔一时间有些犹豫，她不知道自己该用什么样的态度去面对随时有可能崩溃的程北航。

　　不等她反应，林嘉越过人群，挽着她的手臂将她拉到程北航面前。

　　"作为你们两个人七年的好朋友，我要一个生日礼物不算过分吧？"她笑着扯过程北航，将他们两个人的手叠在一起，语气间透着几分醉意,"就当什么都没有发生过,握手言和吧好吗?这是我最想要的生日礼物,我希望我最好的朋友可以过得幸福快乐。"

虽是劝和,但气氛还是有些莫名的尴尬。

顾尔尔深吸一口气,准备开口的空当手机响了起来,她迅速抽出手来,电话那边传来小助理带着哭腔的慌乱声音:"尔尔姐……今天拍摄出现问题,发生了意外,齐沉哥……"

"齐沉怎么了?"她一时间失去冷静,攥着手机的手指因为过分用力而泛白。

听到这个名字,程北航几乎瞬间变了脸色,林嘉看了看他,又轻轻地拍了拍顾尔尔朝她示意,但她根本顾不得身边人的小动作。

"齐沉哥被铁棍打中脑袋,现在已经送去医院了……"

顾尔尔只觉得浑身冰冷,想也没想直接朝门外跑出去。

"尔尔!"

程北航伸手去拽她的动作僵在半空中,良久他才自嘲地笑了笑,转身往外去追。已经有些醉意的林嘉按了按太阳穴,跟跄着步子也紧紧跟上去。

天空灰蒙蒙一片,外面冷得骇人,就连正在修整公路的施工队伍看上去也有些懒散,工人们抱着手臂站在边上不停跺脚,只有飞速震动的机器将残破的路边打碎的声音,听上去有几分苍凉。

直到远处的身影头也不回地上了一辆出租车,程北航才停下脚步,愣愣地望着车子疾驰而去的方向发呆。

"程北航,你跟我回去。"林嘉喘着气追过去,呼出的气在冰冷的空气中迅速凝成一小团白雾,"尔尔她是有工作上的事情,不得已才要赶回去的。"

"你不用为她开脱了。"他望着顾尔尔离开的方向冷冷开口,双手却用力握成拳。

"我们……"

她话还没说出口,程北航挥手招来一辆出租车,没再听她说下去,打开车门径自上了车。

在他要关上门的瞬间,林嘉伸手抱住他的手臂,微醺的语气里有些委屈:"我的生日聚会还没有结束,我们回去好不好?"

程北航不耐烦地看了她一眼,她仍旧挡在车门处不肯撒手。

"你松手!"

"你现在追过去有什么用?是能将顾尔尔带回来,还是能跟齐沉理论或者动手?你跟我回去,我们慢慢想办法好不好?"她语气里有卑微的隐忍。

程北航根本听不进去任何话,反倒被她激怒,最后一点儿耐心都丧失掉,他用力扒掉她揪着自己手臂的那只手,可她又扯着车门不放。

他气极,狠狠推她一把,却忘记她身后不远处便是正在施工的机器。眼看着她步子不稳朝后跌去,他反应过来立马从车上跳下来拉住她,抵不过惯性,两个人直直摔下去,机器的震动声从耳边擦过,林嘉几乎本能地护在她身侧。

一声隐忍的闷哼,他听到她咬紧牙关的声音。

紧接着浓浓的血腥味在他鼻间氤氲开来,近在咫尺的半张侧脸被殷红的血液糊住,她的头发散落在他肩膀上,沾染上许多灰色的粉末,倏尔有温热的液体滴落在他脸上,围拢的人群里慌乱的议论声落入他耳中,很快又像被隔绝,变得遥远而模糊。

他清醒的意识里,只听见她因为痛苦而变得异常孱弱的声音:"北航,你答应了来参加我的生日聚会的,现在还没有结束,我们回去好不好?"

"程北航,我喜欢你整整七年,从来不比她少半分。"

第八章

你要的，都给你，你跟我在一起。

MINGZHONGZHUDING
SHUYUNI

程北航终究没能去追顾尔尔。

林嘉被送去医院，她的右侧脸颊被机器重度划伤，医生说即便痊愈也会留下不小的疤痕。

他去看她，她靠坐在床上，半边脸裹着厚厚的纱布，头发被松松地绑在脑后，露出来的另外半张脸有些苍白，望向窗外的眼睛里黯淡无光。往日神采奕奕的林嘉，在这一刻像是褪去光芒。

而这一切的始作俑者正是他。

他隔着小小的玻璃窗，在病房外看着她，站了很久很久，才觉得心里有一部分像是被什么东西狠狠刺了一下，谈不上疼不可忍，但凭空的尖锐也让他冷不防颤了一下。

他推开门进去，林嘉察觉到动静回头，看到他的身影那一刻，眼里重新恢复了光芒，整个人又有了几分生气，勾起嘴角的时候牵动伤口，可她还是固执倔强地朝他笑，隐忍的疼痛给她的眸子里添了几分潋滟的水光。

"对——"

抱歉的话还没说出口，一只冰凉的手指抵上他的嘴唇，他下意识地后退一步躲开，抬头瞥见她眼底一闪而过的难过。

"你不用道歉，"林嘉收回手，她的目光深沉复杂，透着隐秘的浓重悲伤，语气却是前所未有的轻快明朗，"我从来没有过像现在这样轻松过，过去七年里的每一天，我都要小心翼翼地妥善隐藏起我对你的感情，真是辛苦啊。程北航，从今天开始，我终于不用再那样小心翼翼地面对你和尔尔了。"

程北航在她床边坐下来，他的嘴唇动了动，却没有想好该怎么开口安慰。

她像个小孩子一样，任性地朝他张开双臂，见他没有反应，便以极快的速度上前抱住他，她埋头在他胸前，声音像哭过一样带着些隐隐的哽咽："原来死心这么容易，根本都不用听你亲口拒绝。"她伸手抚过右侧脸颊上的纱布，"从前你一直只记挂着尔尔，即便我再怎么漂亮端庄，我们之间都没有可能，而从今往后，我毁了这半张脸,再不用别的任何理由,我就可以完全死心了。"

他静静地坐着一动不动,第一次这么有耐心地听她说完这些话,迟疑了半天,双手缓缓环上她的后背,虽然仍旧一言未发,但安慰之意已十分明显。

林嘉的眼睛亮了亮,像受了鼓舞般抬眼望他,言语间多了几分任性的味道:"程北航,你还没有送我生日礼物。"

不等他反应过来,她直起身子抬头倾身上前,冰凉的嘴唇贴上他的嘴角,很快被他侧头躲开,她也不恼,偏头追过去,清浅的气息喷在他鼻尖:"我撒谎了程北航,我最想要的生日礼物不是你们握手言和,而是你。"

她双手用力钩住他的脖子,低声在他耳边呢喃:"程北航,我辛辛苦苦喜欢你这么多年,还要一直小心翼翼地掩藏着对你的感情,真的很辛苦,就这一次好吗?成全我,就这一次。

"成全我也是帮助你,有林家加持,你不仅可以还清债务,还能很快东山再起,那时候无论是齐沉还是别的任何人,都不能再将尔尔从你身边抢走。

"我永远不会是你的累赘。"

她的呼吸紊乱,声音却极缓,一字一句落在他耳边如同魔咒一般,他僵着身体愣了很久,脑中有万千条思绪混杂在一起,半响之后缓缓欺身而上，再没有躲开她。

四合的暮色里，她笑得悲恸，自己竟可悲到需要借顾尔尔的由头才能得来他哪怕一丁点的恩赐，有细细碎碎的眼泪在他脖颈间洇开。

放晴的天空漂亮得不像话，阳光从窗外照进来，落在林嘉的眼睑处，灼热刺目，她揉了揉眼睛伸手遮住炫目的光线。程北航不知道什么时候起来的，这一刻已经没了踪影，她身侧的床单平平整整，没有半分有人留宿的迹象。

她笑了笑，裹上衣服起身，将窗帘重新拉上，白花花的日光终于被隔绝在外。

她走向卫生间，望着镜子里的自己，一只手摩挲着锁骨，一只手迅速按下一串号码："你安排得不错，片场发生意外事故本就不是什么稀奇的事情，怎么样，复仇的感觉还过瘾吗？"

那边不知道说了什么，她笑笑回应："你放心吧，我哥并没有参与《浮生》的拍摄投资，自然跟那边扯不上什么关系，而且这件事情他本来就不知情……齐沉他是会防着你，但我不一样，将你弄进去不是什么难事……好了，这件事情到此结束，你只要记得，不论什么时候说起来，我们两个人都是没有打过交道的。"

可是，这件事情怎么会到此就结束呢？复仇的感觉那么过瘾，所以一旦开始，停下来可不是什么轻而易举的事情。

黑色的身影逆光站在窗户边，他挂断电话，嘴角透出些阴鸷的笑容。

有人在他没关严实的门外停住了脚步，将他方才的通话听得一清二楚，她惊诧地捂住自己的嘴巴，装作什么事情都没有发生过一样，却在他离开书房不注意之际，闪身进去从他的手机里翻找出一个电话号码保存下来，随即迅速转身离开。

《浮生》暂停拍摄。

顾尔尔却一直守在片场，出现故障的钢丝绳索都还放在原地，另一边七零八落地丢着几根棍子，这场戏本来是男主出席散打比赛之前跟对手的对峙预热练习，但对方因为种种原因对男主心存嫉恨，练习开始之前顺手拎了一根棍子临时突袭。

按照剧情正常走向，男主起身跃起回旋，躲开对方袭击的同时反给了对手一击，为了让动作更流畅逼真，他们决定给男主吊上钢丝加上小幅度的腾空，但拍摄的时候出现了意外，与齐沉演对手戏的男生出手过快，而威亚出现故障并未加力，反倒成为齐沉避开对方的桎梏，他躲避不及被对方击中头部。

那天顾尔尔接到小助理的电话从聚会上赶过来的时候，齐沉已经被送往医院,但是整个剧组竟然没有一个人愿意告诉她医院地址。

小助理也因为将这件事情通知了顾尔尔而被韩汶继狠狠地训了一顿,她耷拉着脑袋再不肯多向她透露任何消息。

她打了很多通电话给齐沉,可一直是关机状态,越是这样,她就越是不安。

大家都默契地对她缄口不言,一定有原因,而这件事情本就事出突然,齐沉尚且自顾不暇,根本不可能因为怕自己担心而去叮嘱大家不要告诉她,那会是什么原因连让她见他一面都不允许?

她理了理思绪,直起身来,打算去找韩汶继问个清楚。

有陌生的电话号码打进来,对方语气里有些不怀好意的笑意:"顾小姐,好久不见,也不知道齐沉现在怎么样了呢?"

提到齐沉,她一下子警惕起来:"你是谁?"

"我们一起喝过茶的,你忘了?"

她猛地想起来那天晚上的事情,不由得颤了一下:"陈景砾?齐沉的事情根本不是意外,是你动的手脚?"

"对,我们两个人上次的事情被他破坏掉了,难道不该付出一点代价吗?"他继续笑,"没错,明着我是斗不过他,但是顾小姐,你别忘了,这个世界上,比君子可怕的,其实是小人。这次我虽然给了他一点儿小教训,但是这还不够,我知道姓齐那小子对你是情根深种，我只有占有他最心爱的东西，才是对他最大的报复呢，更何况，我和他的纠纷，本就是因为顾小姐你不是吗？

"我听说顾小姐背负不少债务，如果你愿意听我的话，那么我不仅可以保证齐沉的事业顺风顺水，也能让你从债务里脱身，并且日后衣食无忧。"

他的声音让顾尔尔有些作呕，但他的意思她听得明白，除非自己示弱妥协，否则他断不可能就此轻易罢手。

可是事到如今，齐沉躺在医院状况不明，这件事情又不能让程北航知道，她沿着背后的墙壁慢慢蹲下身来，捂住眼睛却没有眼泪。

医院里。

韩汶继铁青着脸一言不发。

躺在床上的人头上缠了一圈纱布却也不安分，他百无聊赖地把玩着被子的一角，时不时看一眼韩汶继，语气里有几分无奈："你说要留院观察，我也配合了，可是你总得把手机还给我啊？"

受伤这种事情已不罕见，对于齐沉来说，大大小小的伤已是家常便饭，可这次韩汶继比以往要紧张得多，自从那天进了医院以后，他不仅拿走了他的手机，更24小时亲自守在病房里，板着张脸一句话都不说。

齐沉软硬兼施，可对方还是没有半点反应，他有些气急败坏地按上正在输液的针头："你要是一直这么不说话，我就拔针走人了啊！"

韩汶继嘴角抽了抽，随即是更明显的愤怒："你试试！"

若是寻常的意外倒也罢了，可他现在还记得事故当天接到的神秘电话，对方只说了一句："远离顾尔尔。"

他找人暗中查下去，却迟迟没有线索。

片场发生事故本就不足为怪，对方身在暗处，而他们却没有任何证据，更何况，齐沉对顾尔尔的心思也是事实，他并不清楚对方手里是否还握有他们的其他把柄。关系到齐沉的形象和名声，这件事情便不能声张，眼下所能做的只有暂时先隔开他和顾尔尔，拖延时间好查出对方的目的，化被动为主动。

他走到床边，扒拉开齐沉的手，缓和了脸色："你先好好休息几天，手机放我这里，有什么事情我会告诉你。"

没有留给齐沉反驳的余地，他转身出了病房，留下战战兢兢的小助理满脸为难地进来守着。

顾尔尔打给齐沉的第五十五通电话，手机里仍然传来冰冷的女声，提示着她对方手机关机的状态。

她直起身来，打算厚着脸皮再去找林嘉一次，林江生投资影视业多年,圈内人脉极广,他要打听齐沉的事情应该不会太难。

她想着便往前走,却不料迎头撞上韩汶继的肩膀。

"我们聊聊!"

冬季的夜风格外刺骨,顾尔尔固执地打开车窗,整个人僵着身子坐在副驾上,偏过头看窗外干枯的枝丫快速后退,在她心里落下层层叠叠的阴影。

"我答应过你的事情不会反悔的。"

他握着方向盘的手松开,伸过来覆在顾尔尔的手上,她不自觉地轻颤了一下,下意识地将手抽出来,倏尔想起什么,又勉强地扯着嘴角抱歉地笑了笑。

陈景砾也不恼,他有齐沉做把柄,但凡她对齐沉心存哪怕一丁点感情,他便有把握将她完全掌控在自己手里。

车子很快在酒店门口停下来,他无比绅士地帮顾尔尔打开车门,手臂不安分地环上她的腰际,紧紧贴着她的耳朵:"走吧,我们先去吃饭。"

"好。"顾尔尔顺从地应了一声,然后用力低着头,似乎生怕被人看出她与陈景砾不正常的关系。

橙黄的灯光昏暗缱绻,陈景砾殷勤地为她布菜倒酒,若没有他们见不得光的交易，从旁人的角度看过去，他倒真是像极了一位绅士。

顾尔尔没有任何食欲，默默地摸了摸衣兜，心里忐忑得不行。

"景砾？"

一个女人的声音让顾尔尔的心提到嗓子眼儿，紧接着是越来越近的脚步声。

顾尔尔觉得窘迫，没想好该如何应对的空当，对方已经到了面前，她看了看神情自若的陈景砾，目光落在他对面的顾尔尔身上，随即笑着朝她伸手，眼底的疑虑不加半分掩饰："你好，我是陈景砾的未婚妻秦羽蔓。"

顾尔尔站起身来，礼貌性地回握住对方："你好。"

陈景砾饶有兴趣地看着顾尔尔紧张不安的表现，自己却没有丝毫做贼心虚的样子，一边起身招呼着服务员点单，一边拥着秦羽蔓的肩膀介绍："这是我妻子羽蔓。"

他免去"未婚妻"而直呼"妻子"的说法明显取悦了秦羽蔓，两个人低声笑闹两句，陈景砾这才看看顾尔尔介绍："羽蔓，这是我们的新人编剧顾尔尔，你也坐下来一起听听，她的剧本还算有新意，我觉得你会喜欢。"

说是介绍，但两个人根本就像忽略了顾尔尔的存在一样，秀足了恩爱之后，也不知道陈景砾附在秦羽蔓耳边说了什么，她红着脸起身作别。

热闹的气氛散尽，顾尔尔和陈景砾两个人又陷入一片沉默。

他索性拿了衣服起身，挽着她直接上了酒店客房。

转角处的盆栽后有人影闪动，她沉着脸将这一切尽收眼底，眉头越拢越紧，看着秦羽蔓走近，她一副焦急的语气："找到了吗？"

"坠子我没找到，下次帮你买新的好了，不过说起来，你的网店生意现在这么好，也不缺这么一个坠子吧？"秦羽蔓打趣道，挽住对方的胳膊，笑得一脸神秘，"炜彤，你猜我刚刚看到谁了……"

秦炜彤看着远处的两个背影消失在电梯里，一脸痛苦地捂着肚子："不行……姐，要不你去帮我买点儿药吧，我还得再去一趟卫生间。"

不等秦羽蔓回应，她急匆匆跑开，转身进了卫生间，拨通了一个电话。

酒店客房里很暖，顾尔尔有些手足无措地站在门边。

"愣在那儿干什么？进来。"陈景砾脱掉外套随手丢在一边，似乎很乐意看着顾尔尔焦灼不安的模样，他在床边坐下来，笑着朝她招手，"过来。"

顾尔尔揣在衣兜里的手心沁出温热的汗水，她微微用力，攥紧掌心的小小钥匙扣，深深呼吸然后往前走两步，试着跟他搭话："秦羽蔓是你未婚妻？"

"对。"他笑，身体前倾扯住她的手腕一个用力，她猝不及防被甩到床上。

"你这么做对得起她吗？"顾尔尔朝另一边移动，迅速坐起身来，见陈景砾蹙着眉头，她心下一惊，却意外听到他开口解释。

"未婚妻又怎么样？近几年影视圈火热，她出身商业家庭又喜欢我，她爸想要开拓影视市场，所以借着她的喜欢以我为突破口，而我也不过是看中她的家世，各取所需。

"你不用太在意那个女人，你和你那个没用的男朋友的负债，我也会帮你还清的，只要你听我的话，我们的日子还长，我保证不会让你为难。"他颇有耐心地把玩着顾尔尔的头发，双手下滑到她的肩膀，替她脱掉外套，附在她的脖颈间，"还有想要问的吗？"

顾尔尔鼓起勇气继续后退，避开他的动作："最重要的事情你忘了。"

"我就知道，你最惦记的还是齐沉那小子。"他紧追着她前移，"我跟他有过节，不过你也知道，我不是那种小肚鸡肠的人，只要得到你，能让他痛苦，就够了，我也没工夫再去跟他耗着，毕竟上次片场害他的事情也让我看了别人的脸色，林……"

他忽然顿住，没再说下去，覆在她肩膀的双手用力，顾尔尔将握在掌心里的钥匙扣塞进裤子口袋，腾出双手挣扎着推开他。

他抹了抹嘴角，有些愤怒地加大力气，将她钳制在身下："怎么，后悔了？在我让你知道这么多事情的时候，你就该知道，自己已经没有后悔的余地。"

他笑得狰狞，力道大得骇人，前所未有的恐惧感朝着顾尔尔席卷而来。

"陈景砾！"

门从外边被用力推开。

齐沉气血上涌，一双眼睛通红，却仍然尽力克制着自己保持冷静。他冲到顾尔尔身边，用衣服将她裹住，发狠地扣住她的肩膀推到自己身后。

紧跟着脸色难看到极点的韩汶继拦住陈景砾："秦羽蔓就在四楼大厅里，需要我喊她上来一趟吗？"他捏着手机继续对着陈景砾，"如果秦家知道你的这些事情，而齐沉愿意与秦家合作帮助他们开拓市场，你觉得你还有什么利用的价值吗？"

陈景砾变了脸色，两次，他的事情都坏在同一个人手里。他握了握拳头，盯着几乎就要爆发的齐沉，却迟迟没有动手。

齐沉没给他有所行动的机会，带着顾尔尔直接离开。

太过相似的场景，而今齐沉却已经不是那个冲动起来就只知道动手的人，顾尔尔紧紧揪成一团的心终于放松下来，她握了握手心里小小的钥匙扣，即将开口的瞬间忽然想到韩汶继跟她说过的话，迟疑片刻，她握紧钥匙扣的那只手又慢慢松开。

若不是韩汶继，她一直都以为齐沉当时在顾妈妈面前说的自己要隐退的事情，只是不足为信的玩笑话。

那天她碰到韩汶继不是巧合，而是他特意找来。

"齐沉要隐退了，合约年底到期，如果没有片场的意外事故，大概就刚好在《浮生》拍摄结束的时候。"

听到这话的时候，顾尔尔太过用力的手指将杯子捏得有些走形，她慢吞吞地坦白："他受伤的事情是因我而起，我会想办法解决，他不用这么急着隐退。"

"这件事我是知道的。"韩汶继笑，"你不必自责，我也没有要将责任推给你的意思，其实从他刚开始走红的那天起，他应该就已经做了隐退的打算，所以这几年他行为不羁，我想除了他本身有不为人所否认的能力以外，更多也是因为他做好了退出的准备，不会太在意，自然不会有太多桎梏。"

"他这个时候隐退，真的太早……"

"我是觉得他现在退出很可惜，也在试着劝他，只是，你也知道，齐沉这些年来虽说传闻很多，但从来没有过分出格的事情，在遇见你之后,他三番五次跟人动手,现在又遭遇这种意外事故,而且既然幕后黑手以'离开顾尔尔'为收手的条件,想必他定然知道齐沉对你的心思,但你跟程北航现在也……"

他犹豫了一下:"还有关系。这件事只可压制,闹得大了情况会变得更复杂。我一向不干预齐沉的感情,也没有想过真的要怎么样反对你们两个人,但眼下这种情况,我希望你可以先避一避,一是再留一点儿时间给我,关于隐退的事情,我想再劝一劝他;二是即便他真的要隐退,也留给观众一个堂堂正正的形象,我不想数年之后还有传言说他是因为插足别人的感情不得已才退圈。"

说了这么多,也就是自己避开齐沉才是最好的选择。

顾尔尔点了点头,她必须主动出击,才能帮他去掉威胁,不成为他的拖累。

可是齐沉,他是怎么知道自己和陈景砾在酒店的事情呢?

顾尔尔望着面前强忍着暴怒情绪的齐沉,摇了摇头,临上车之际,她看到走出酒店的秦羽蔓亲昵地挽着一个熟悉的身影。

等等——

秦羽蔓。

秦炜彤。

顾尔尔脑海忽然闪现过些什么,来不及细想,她被齐沉推进车里，他的声音透着不可抑制的愤怒与嘲讽："怎么，舍不得吗？顾尔尔你就那么急着想要钱？"他狠狠甩上车门，一路上将车子开得飞快。

一直紧紧拽着她回到家里，他的怒气都还没有半分消散，他是真的动了气，不顾她的挣扎将她整个人丢在沙发上，没给她开口解释的机会，塞塞窣窣在柜子里翻了很久，才将一沓文件丢在她面前，又将钱包打开，大大小小的纸币和一摞卡片零零碎碎散落得到处都是，他扯着她的手腕，朝她吼："不就是要钱吗顾尔尔？你说啊，我有的是！"

"陈景砾是什么样的人你之前是没有见识过吗？顾尔尔你是不是为了金钱可以毫无底线？"他重新捡起散落的东西，气狠狠地全部塞到顾尔尔怀里，"车子、房子、存款……我有的，都给你，够吗？不够的话……"他指向自己，"这个人，也一并给你。"

"你要的，都给你，你跟我在一起。"他俯下身子将她抵在沙发上，伸出一只手覆住她瞪大的眼睛，冰凉的嘴唇贴上去。

带有惩戒意味的深吻打破顾尔尔原本强装的镇定，在温热潮湿的呼吸声中，她清楚地感知到面前这个人对她的紧张和不安。

他还以为，她仅仅是为了还清程北航的债务才委身于陈景砾。

他有大好的前途，不该将时间浪费在自己身上，况且，程北航为她付出太多,她不能自私地扔下他一个人。

既然他尚且不知道陈景砾蓄意而为的事故,那就只当这场事故是意外,让她一力承担处理,她握紧手中的钥匙扣,慢慢地闭上了双眼。

轻轻颤动的睫毛扫过他的掌心,良久有湿润的液体自他手腕处滑落,他心底忽地软了一下,戾气消散掉一大半,双手松开她,兀自在沙发背上恨恨地捶了一拳,低吼一声直起身来。

从韩汶继久久不肯还给他手机的时候起,他便隐隐觉得不安,等到他好不容易说服小助理拿来手机给他,这才发现短信提醒有来自顾尔尔的许多通未接电话。来不及回拨,便有陌生号码打进来,那边似乎有些匆忙,声音压得极低:

"安悦酒店,陈景砾和顾尔尔在一起。"

上一次陈景砾和顾尔尔的事情,一幕幕出现在他脑海,他甚至顾不上去想这其中是否有诈,一把推开迎面撞来的韩汶继,从医院冲出来直奔酒店。

所幸,她尚不曾被他伤害。

他一直想要帮她独立,也让她慢慢看清她和程北航的关系,无论是从感情,还是经济上,他都想让她摆脱那个泥沼。

是他的速度太慢了吗?所以才让她迫不及待选择了最不堪的

方式?

　　他看了看在沙发上窝成一团的顾尔尔，她的头发有些凌乱，眉头拧在一起，浑身紧绷，竟然再不复当年单纯伶俐的女孩儿模样。

　　她沉沦于一段历时七年的感情，如同自困牢笼又被责任与愧疚所缚，不死不休，原来这世间比岁月更能折磨人心的，是感情。

　　因为主演伤势未愈，《浮生》延迟拍摄，韩汶继与陈景砾交涉，陈景砾顾及秦羽蔓那边，虽然心中愤愤，但料想最近一段时间里他也会安分下来。

　　到今天，事情总算告一段落。

　　好久没有主动联系顾尔尔的程北航，这天晚上也反常地不断打来电话，催促着要她回去，难得他肯低头，顾尔尔平复了心情，柔了声音应下来。

　　齐沉看着她接程北航的电话，仍旧是一副要竭力挽回这段感情的样子，他冷着脸也没有多说什么。

　　顾尔尔放下电话，将散落一地的文件、纸币分类整理好，然后起身穿好外套，对着齐沉笑了笑："走吧，送我回去。"

　　临近圣诞节，节日气氛越发浓重。近几年来，西方节日盛行，大有风头盖过本土节日之势，街道两边的橱窗上都挂满了色彩缤纷的小灯盏，为冬季里添上几分温暖。

十几岁爱美的小姑娘穿单薄的棉裙，明明冻得鼻尖通红，也不肯系上大衣的纽扣，一边抱着小男朋友的手取暖，一边固执地盯着娃娃机里一只火红的圣诞老人不肯罢休，小男生无奈，只好一遍又一遍地尝试，闪烁的灯光映在两个人的侧脸上，透出变换的斑驳光影。

那些透着傻气的过往场景，却偏偏让人怀念。

要是能一直那样就好了。

顾尔尔别过头去看齐沉，黯淡的光线透过车窗，落在他轮廓分明的侧脸上，他的目光专注透着倔强，嘴角抿成一条直线，像在等着什么宣判一样。

大概预料到顾尔尔有话要说，他刻意将车开得极慢。

"齐沉，"顾尔尔低了低头，倏尔轻轻笑笑，语气淡淡的，"你知道吗，我从小就特别喜欢萨摩，但因为太喜欢了，所以生怕照顾不好它，一直没有养过，反倒是八岁那年捡到一只流浪狗，我不需要太花心思，它就能好好地陪着我，我养了它三年，后来机缘巧合下小姨送来一只萨摩给我，它温顺漂亮又护我，甚至比我想象中的要好太多……"

"嗯？"齐沉面无表情地应着，示意自己在听。

"大家都劝我丢掉那只流浪狗，它又老又丑有时候还会偷吃，实在算不得好。"

她盯着远处的红绿灯，目光有些缥缈："跟萨摩比起来，它确实算不得好，可是有一个词语叫'从一而终'，既然一开始是我带它回来，那我就没有资格去嫌弃它，陪他走到最后是责任，也是义务……"

"嘎——"

急踩的一脚刹车下去，轮胎与地面摩擦发出刺耳的声音，因为惯性，两个人身体齐齐前倾，顾尔尔揉了揉额角，抬头对上齐沉冰冷的眼神。

路口的红灯亮得刺眼。

他以前所未有的郑重口吻问她："所以，你做好决定了，没有改变的余地？"

红灯进入最后十秒钟倒计时：10、9、8……

"是。"顾尔尔咬咬牙，听见自己坚决而冷静的声音，她闭着眼睛假寐，没再去看他。

他侧过头深深看她一眼，眼底情绪复杂，但终究没有再说一句话。

绿灯亮起，车子疾驰而去。

顾尔尔下了车,远远看见站在门口等着的程北航,他穿着宽松的灰白色毛衣,头发似乎刚打理过,之前的颓然气息少了,整个人看上去干净清爽。

"尔尔!"

他端一杯冒着热气的奶茶递到她手里,竟难得没有因为齐沉的存在而同她置气,甚至连齐沉的车子都没看一眼,不知道是不是错觉,她看到他眼里隐隐的自信光芒。

有那么一瞬间,顾尔尔觉得他们好像回到了最初的温和时光。

他揉了揉她的头发,笑着问:"冷不冷?"

不等她回答,他双手并拢搓一搓,然后捂上她的脸颊:"我们回去。"

屋子里漆黑一片。

"没交电费吗?"她下意识问一句,却没有注意到黑暗里程北航微微变了的脸色,很快他又恢复温和的笑,拍拍她的肩膀:"尔尔,你等一下!"

脚步声走远,很快传来轻微的声响。

突然亮起的灯光让顾尔尔不自觉眯起眼睛,有不轻不重的力道传到她手上,戒指被人摘了下来,她心下一惊,睁开眼睛却被眼前的一幕惊得合不拢嘴。

小小的客厅中央,由玫瑰花和无数电子蜡烛围成一颗心,正中间摆着一个精致的戒指盒子,程北航单膝跪地,重新递过来一枚漂亮的戒指,他笑得温和,一如毕业聚会那晚动人的模样。

"尔尔,我们结婚吧!"

顾尔尔低头望着他,有眼泪就要夺眶而出,程北航无比自信地握住她一只手,想为她戴上戒指,却在最后一秒变了脸色。

顾尔尔后退一步,将手抽了回来。

"北航,"她顿了顿,目光重新定在他手里的戒指上,"这些钱,是从哪里来的?"

她知道,这个时候说出这些话真的太不合时宜,也很容易伤人自尊,但是事到如今,她已经不是相信灰姑娘故事的单纯小女孩,更不可能仅仅因为感动就罔顾现实。

她蹲下身去平视单膝跪地的程北航,安抚着他的情绪:"谢谢你,北航,我很感动,真的,我也接受你的求婚,但是你得先告诉我,这些钱从哪里来的。结婚的事情总是要顾及现实的对不对?我没有不信你的意思,只是……"

她忽然不知道该怎么说下去。

程北航眼里的光芒黯淡下去,眼神有些躲闪,他没有回答顾尔尔的问题,只是用力扣住她的肩膀:"尔尔,我现在有钱了,债务很快就会还清,你信不信我?我真的有钱了,你跟我结婚吧!"

最后一句，他语气几乎有些强硬，双手抓得她肩膀生疼。

顾尔尔倒吸一口气，后退两步，他反应过来将手松开，似乎要证明自己真的有钱一样，他背过身去又急急地翻出自己的钱包。

好久之后他笑着将一张卡递到她面前，随之掉落的有一张购物便签，尽管他迅速收了回去，可顾尔尔还是瞥到了熟悉的字迹。

那个人向来任性邋遢，所以有罗列购物清单的习惯，末尾也总还要留个签名，关系最亲密的时候，顾尔尔曾笑话她的字迹不端不正，硬生生将字母"L"写成了"V"形。

林嘉。

冬季的清晨，空气里有着刺骨的冰凉。

林嘉裹着厚厚的毯子窝在自家阳台上，瘪着嘴将一杯牛奶悉数饮尽，回头看到顾尔尔的身影时，她略微愣了愣，继而像以往无数次见面一样，笑得温和大方。

"孟姨，"她歪着头朝外喊，"再送一份早餐过来！"然后起身挽着顾尔尔坐在沙发上，软软的声音，"你昨天打电话说要过来，我以为你会中午才过来。"

"林嘉，"顾尔尔叫住她，没有继续刚才的话题，而是直接开口，"你又给程北航钱了？"

"给了。"她大大方方地承认，像在谈论天气一样不痛不痒的语气,"他需要钱,我刚好有,所以就给了,我不觉得这有什么错。"

"你这样不是在帮他……"顾尔尔有些气急败坏。

"你和齐沉,现在怎么样了?"

林嘉随口将顾尔尔打断,顾尔尔蓦地僵了僵。

她没去理会顾尔尔的反应,兀自弯腰将桌子上随手丢得凌乱的杂志重新整理好,又转过身将散乱满床的衣服堆在一起胡乱地塞进袋子中,不知道想到了什么,犹豫了一会儿又从袋子里重新拿出来:"孟姨,中午有太阳了帮我把床上这些衣服拿出去洗了。"

"哎!"远远传来孟姨的声音。

之后房间忽然陷入漫长的沉默。

"你喜欢程北航?"分明是问句,可顾尔尔心里已经有了九分的答案,最后一分,只差林嘉的亲口承认。

她早该看出来的,林嘉劝她重视和程北航的感情,不要抛下他一个人的时候;林嘉在机场见她和齐沉在一起,替程北航呛声的时候;林嘉只身奔赴苏城,为程北航的事情鞍前马后地张罗的时候……更不用说平日里她不曾注意到的种种小细节。

若非有极深的感情,作为朋友的朋友,林嘉自然不至于为他耗费诸多心血。

"对。"林嘉忽然看着顾尔尔的眼睛,眉眼间都是凄凉的笑,"尔尔，我对你的感情是真的，对程北航的感情也是真的，我原本没想过走到今天这一步，我是真心希望你们两个人能好好地走下去，可是尔尔……

"可是尔尔，你为什么要打破这种平衡呢？你明明喜欢齐沉，可偏偏揪着北航不松手……"她眼里似有泪意，声音里带有淡淡的颤音，幻觉一般浮上卑微的神色，"你去跟齐沉在一起吧，尔尔，如果你当我是朋友，就把北航给我好不好？"

顾尔尔只是觉得林嘉喜欢程北航，却没有想到会到这种程度，更没有预料到自己的一句话会让她情绪大变，发展到这样的地步。

原来 C 大里林嘉拒绝别人的理由不是信口捏造，原来她曾郁郁不得地说爱上明知不会有结果的人，都是真的。她始终爱而不得的那个人，正是程北航。

明明已经做好了充分的心理准备，却在得知这一事实的时候还是有些无法接受，顾尔尔呆呆地僵在原地，一时间不知道该怎么样去接她的话，或者是该怎样去安慰她。

原来陷入爱情，所有人为其卑微的时候，都是同样可怜可悲的模样，这世间谁又当真比谁高贵几分？

"咚咚咚！"

孟姨敲了敲门，带着早餐进来，身后紧跟着永远温和的余晋白。

他微微颔首算是和顾尔尔打了招呼，瞥见林嘉泛红的眼眶的那一刻，眉头不自觉地拢起："小嘉？"

林嘉很快别过头去抹了抹眼睛，笑起来："我没事，刚刚跟尔尔聊到很多以前的事情，难得矫情一次还被你抓个正着，不过，你今天怎么这么早就过来？"

"我……"他看了一眼顾尔尔，回答得有点儿含糊，"我有点儿事情请你帮忙。"

顾尔尔笑了笑转头看着林嘉："林嘉，我还有剧本要改，就先回去了。"

这个冬天，真冷啊

MINGZHONGZHUDING
SHUYUNI

第九章

　　余家餐厅十分热闹。

　　余妈妈不停地帮林嘉夹菜，时不时白一眼余晋白，虽是念叨，但眼角的欢喜却是藏也藏不住："这孩子啊，跟嘉嘉在一起的事情连我都瞒着，害得我还替他操心……"

　　"可不是。上次两家人合计着让晋白去求婚，可嘉嘉的反应……我一直都以为他俩没可能了……"余家小姨也说着。

　　林嘉略显尴尬地轻微咳了两声。

　　"小姨，说这些干什么？"余晋白看了看林嘉，开口将对方没说完的话打断，"现在你们总该放心了吧，我们呢，有自己的打算，所以……"他别过头去看着自己的妈妈,"妈,你以后别再介绍别的小姑娘给我了,不然让小嘉怎么想?"

"好好好!"余妈妈满口应着,笑得合不拢嘴。

余晋白跟着笑,桌底下却轻轻拽了拽身边的小男孩儿,不动声色地递过去一个眼神,小男孩儿立马会意,利落地放下筷子盯着林嘉:"我吃好了,嘉嘉姐,你能陪我去院子里玩会儿吗?"

她整个中午都在赔笑,这会儿只觉得脸都要僵掉,听到这句话仿佛看到了救星一样,立马站起身来:"好啊。"

余妈妈原本还想留着林嘉多说会儿话,可眼下这情形也不大好阻止,转过身去收了余晋白的筷子,推着他一起跟出去陪着林嘉,他笑了笑,两三步跟上门口一大一小的身影。

"Give me five!"

小男孩儿回过身来朝着余晋白伸出手,又狡黠一笑,故作老成的模样:"晋白哥哥,你看,我刚刚配合你,帮你女朋友解了围,你打算怎么感谢我呢?"

余晋白笑着刮一下他的鼻子,哭笑不得:"小央西,你这小小年纪跟谁学的这些?"

"我爸!"小男孩儿脆生生地应着,想了想又补上一句,"你要是再有诚意一些,我还可以自己去玩,保证不打扰你们两个人哦！"

　　林嘉忍不住笑出声，余晋白看着面前得意的小家伙，笑着摸摸他的脑袋："好，小老板，我这个人可是很讲信用也很有诚意的，既然我们今天合作这么愉快，那……我答应你，下午说服你爸，带你出去玩，地方你来定，怎么样？"

　　小家伙比了一个"OK"的手势，一溜烟儿跑开。

　　林嘉看着远处的小小身影，心底忽然变得柔软，如果程北航愿意真心接受她，他们以后也可以……

　　"以后"，这真是一个奢侈的词啊！林嘉目光飘得遥远，许久自嘲地笑了笑。

　　"谢谢你，小嘉。"

　　余晋白的声音将她的思绪拉回。

　　林嘉朝他笑着摇了摇头："晋白，你不用跟我说这种话，只不过，我们这样骗阿姨他们，是不是不太合适，毕竟我们……"她没有说得清楚，但她知道他明白她的意思，"如果他们知道的话，会比之前要难过和失望得多。"

　　"所以，为了不让他们难过和失望，你要不要真的和我在一起？"他没有看她，但也想得到她为难的表情。

　　林嘉对于程北航的心意再没有谁比他更了解，所以他也再清楚不过,这种问题他从来都不会得到肯定的答案。

很快他恢复玩笑的口吻,伸手过去将林嘉的嘴角往上扶:"撇着嘴干吗?我开玩笑的。我妈妈最近太热衷于帮我安排相亲,我也是被逼得没办法了所以才找你过来帮个忙,你不用担心,我只是想让他们暂时安下心来。"

他转过身帮林嘉拢了拢外套,安慰道:"没事的,等过段时间我真的和哪个小姑娘在一起了,就随便找个借口说和你分手了,重新带小姑娘回来,他们最多骂我几句,也不会有什么。"

林嘉点点头,没再说什么,但心里总归是有些愧疚。

从小到大,余晋白处处维护她,为她做过的事情太多,可是她唯独没有办法回报给他对等的爱情,如今还要装作是他女朋友去欺骗余家人。

天空有些阴沉,好像在酝酿着一场大雪,墙角的几株梅花却开得漂亮,一阵风后,冰凉的空气里都夹杂着些香味。

"先生,要买花吗?"

小央西的声音从不远处传过来,他一边喊一边加快步子朝他们跑过来,手里还抱着几枝刚刚折下来的红梅,裤子上还沾着几抹灰。林嘉看着小小的飞奔而来的身影,忍不住弯了弯嘴角,暗暗揣测这小家伙一定是去爬树了。

果然，他跑得近了，揉揉被冻得通红的鼻尖："我亲自去摘的小花，便宜卖了便宜卖了，一百块一枝，一百块——哎——"

最后几级台阶的时候，他一脚踩空，眼看着连人带花就要摔下去。

林嘉离得近，不等余晋白伸手，她上前两步探出手去拽他，却不想身子不稳，自己也跟着从台阶上摔下去。

其实原本不打紧，连接内室与院子的台阶只有五六级，且修得极缓，小家伙"哎哟"了两声，便翻身径自爬了起来。

林嘉却撞到脑袋，额角蹭破了皮。她皱着眉头单手抚过小腹，一瞬间脑袋中闪现过许多画面，躺在地上竟好半天没有起身。余晋白冲过去的时候一眼看到她泛白的脸色，也顾不上一边的小央西，打横抱起她便往医院冲。

阴沉许久的天空终于飘起了雪花，稀稀落落的白絮落在地上，留下薄薄的一层浅白，平添了几许冬天的味道。

室内暖融融一片，桌上摆着两盆不知名的绿植，让严肃冰冷的诊断室看上去不至于太过死气沉沉。

头发花白的老医生推了推眼睛，冷着脸训斥道："你们现在这些年轻人啊，做事不知轻重，自己闹也就罢了，孩子经得起这么折腾吗？"

"怀孕初期有多危险你们难道不知道吗？"看着面前的两个人板着脸一言不发的样子，医生来了脾气，"你们到底还想不想留着这条小生命了？"

林嘉阴沉的脸色有了一些起伏，她抬眼望着医生脱口而出："不想！"

"想。"

几乎是同一时间，余晋白握着拳头重重地开口。

老医生看了两个人一眼，丧失了最后的耐心，将桌子上的诊断单推过来"行了，你们快出去吧，我知道你们现在的年轻人心狠，要不要是你们的事情，回去自己好好想想！"

林嘉红着眼睛没有说话。

余晋白叹一口气敛了脾气，握住她的手朝门外走去："小嘉……"他垂了眼说不下去。

等在门外的余妈妈将医生的话全部听了进去，见余晋白出来立马狠狠地拍了他几下，转过身握着林嘉的手，因为过分激动，连声音都有些发颤："嘉嘉啊，阿姨不知道这件事情，既然你们已经……有了孩子，那一定得保下来的，你不用担心，虽然我们老余家比不得你们林家条件好，但是阿姨拿性命担保，绝对不会亏待你的，晋白那孩子，你也知道，对你真的是掏心掏肺，乖孩子，我们回去，好好养着好不好？"

林嘉扯出一个僵硬的微笑，却没有开口回应。

余晋白沉着脸走到楼梯口，迎面碰上匆匆赶来的林江生，两个人对视一眼，谁也没有说话，但彼此心下已经明了。

林江生拍拍他的肩膀，将烟递到他手里，然后大步走到林嘉的身边。

余晋白回头看一眼被人簇拥着的林嘉，低头将烟含在嘴里，拢着火点燃，缭绕的烟雾里林嘉的身影变得虚幻不清，他仰着头靠在身后的墙壁上，许久闭上眼睛。

这件事情甚至不用多想，林嘉虽然任性，但一向洁身自好，他清楚林嘉对程北航的心意，只是没有想到他们两个人竟然已经到了这种地步，看到林嘉摔下去痛苦的样子，他还以为她伤到了哪里，为了稳妥带她做了各项检查，却不料查出她已经怀孕。

若是程北航态度明确，不会辜负林嘉，他自然不会再多计较和纠缠，但看今天林嘉一口咬定不要留下这个孩子的样子，他便知道，程北航不会承担这份责任，林嘉再这么执意下去，不会有好结果。

既然妈妈现在认定林嘉怀了余家的孩子，那不如将错就错，也总好过她赔付余生在一场不值得的感情里。

余晋白捻灭烟蒂，朝林嘉走过去，不顾林嘉暗自的挣扎，径自用力将她拥住:"小嘉,没事了,我们回家,都会好起来的。"

看似普通的一句安慰话,落在林江生和林嘉的耳中,却都明白了他的意思:不管之前种种,从此以后,他愿意承担她的余生。

林嘉被余妈妈像宝贝一样照顾着,而关于怀孕的事情,余晋白也没有再过问一句,只是每天尽心地照顾着她。

"晋白,你都不问问这个孩子的事情吗?"

林嘉斜躺在沙发上,轻轻地抚着小腹,但其实不到两个月,肚子并没有什么明显的变化,她抬起头望着余晋白,眼角有浅浅的泪意。

"问什么?"余晋白勾着嘴角装糊涂,他认真地将余妈妈刚煲好的汤舀进小碗,放在桌上晾着,清香的味道慢慢在屋子里散开,林嘉的眼泪还没有落下来,他别过头伸手帮她擦干净,"没关系的小嘉,只要你愿意回头,我一直都会在。"

可是,余晋白,我答应过程北航不做他的累赘,只要这个孩子存在一天,他便会不安一天。

当然,这句话林嘉没有说出来,她乖乖地将碗里的温汤喝得干干净净。

那天之后,林嘉以自己想待在熟悉的环境里为由,拒绝了余妈妈的继续照顾，缠着林江生将她接回了林家。

　　人是世界上最贪婪的生物，最开始只求安稳温饱，再到后来就奢求荣华富贵长命百岁，感情亦如是，一开始只盼着远远看他几眼，越到后来，竟越渴望对方能回报自己以同样热烈的感情。

　　林嘉以赌徒的心态，抱着最后一丝侥幸去找了程北航。

　　去见他之前，她告诉自己，哪怕是骗她也好，只要程北航肯接受她腹中尚无意识的小生命，她便心满意足，绝对不会再留给他半分负担让他为难。

　　可是，又能怎么样呢？

　　她嘲笑自己，这本身就是一个悖论。

　　但凡程北航愿意接受这个小生命，那又何至于有负担和为难这一说？而她又何至于为他而扼杀掉这个生命的存在？而他若执意不肯接受呢？她又能怎么样？

　　大雪纷纷扬扬，她坐在车里，望着漫天的雪花和仍旧嘈杂的人潮，忽然觉得空洞，心中茫然一片，她究竟想要什么呢？

　　这个孩子的存在本就是个意外，她只是不肯相信，除了金钱以外，程北航对她再无半分用心的感情。

　　她想要的，不过是程北航的温情罢了。

《浮生》在齐沉的坚持下继续投入拍摄,计划年底前收尾,她需要跟组过去待一段时间,林嘉突然上门的时候,顾尔尔正在收拾行李,开了门看见红着眼睛的林嘉,她有些诧异,毕竟自从上次把话说穿之后,两个人再没有联系过。

顾尔尔握着门把手站在原地,一时间竟不知道该怎么反应,甚至有那么一瞬间,她竟然冒出她是来找自己还是来找程北航的念头。

"怎么,都不打算让我进去了吗?"林嘉笑着打破沉默。

不知道是不是错觉,明明是笑着的模样,顾尔尔却在她眼里捕捉到一丝苍凉。

顾尔尔回过神来侧身带她进来,又下意识地帮她拂掉头发上的雪花,两三秒之后动作却忽然停滞下来,若是以情敌的身份,这样的举动未免太过亲密;若是多年的好朋友,她们之间却已经隔了一个跨不过去的程北航。

林嘉似乎也意识到,原本不自觉握住她的手也蓦然松开。

两个人尴尬地一笑。

林嘉别过头去,目光落在电脑后神情过分专注的程北航身上:"尔尔,我今天过来,想跟他说点儿事情。"

不温不火的平淡语气,却还是加重了尴尬的气氛。

原来无所谓的语气与笑容,错位了的身份,怎么做都逃不脱尴尬。

顾尔尔笑了笑，看了程北航一眼，拖着收拾好的行李出了门。

屋子里陷入一片寂静，只剩下程北航噼里啪啦敲着键盘的声音。

"程北航，我怀孕了。"她的声音不大，却显得异常清晰。

敲击键盘的声音戛然而止，紧接着程北航发出淡淡的一笑，起身走到她身边，拽住她的手腕："不可能，林嘉，你别用这种事情开玩笑，你知道的，我还有尔尔。"

她心下一沉，抬头认真地看着他的眼睛："真的。"

这一次，屋内完全安静下来，程北航的脸色变了又变，良久之后，他终于确定这不是玩笑话。他掌心下移，轻轻地牵起林嘉的手，声音低沉，温柔得让林嘉几乎以为是错觉，可下一秒他说出来的却是让她难过至死的话。

他说："林嘉，听话，我们去医院。"

她狠狠甩开他的手，连自己都觉得自己有些痴狂，她笑着看着他，同样温柔的语气里，却透着散不去的戾气："北航，我是不会去医院的，你得记着，这是你的孩子。"

程北航有些动怒，像看疯子一样的眼神看着她："你说过，不会毁掉我和尔尔的感情的，林嘉，你最好清楚，无论怎么样，我都不会离开顾尔尔的。"

他松开她的手,将她狠狠朝后推去,她没有躲开,就势躺在冷冰冰的地板上。

她在他眼里看不到温情,只有冰冷、残忍,混杂着懦弱、悲哀,以及一些她说不清楚的情绪,她只觉得从脚踝到胸腔,一寸寸冰冷下来。

这个冬天,真冷啊。

窗外大雪纷纷,这场雪已经连续下了很多天,新闻上关于偏远地区受灾情况的报道也越来越多,也有公益组织开始发起对灾区的募捐,大大小小的企业相继解囊供给物资,一些不知名的企业也因为巨大的捐赠金额迅速引起了众人的注意,短短数日,企业形象与知名度都得到了巨大的提升。

这对于具有潜力的新公司来说,无疑是一个机会。

程北航按着眉心无比烦乱地扫一眼屏幕,从桌上摸起烟盒仰面躺在椅子上,微弱的火光之后,有缭绕的烟雾在他周围氤氲开来。

这些天里他全身心投入重组公司的事情中,虽然不想承认,但不得不说,他走到如今多是依靠林嘉的资金援助,她瞒着林江生缩减了自己的开支,每隔一段时间便会往他的账户上打一笔钱,替他解决了不少麻烦。

他原本计划着，利用林嘉的帮助先成就自己的事业，只要自己手里有钱，至少可以先留住顾尔尔，等到他东山再起有了盈利，那时候再把林嘉的钱还给她，也彻底撇清和她之间的暧昧关系。

可没有预料到的是林嘉的意外怀孕与偏执。

而且如今看来，林江生对于林嘉之前的种种举动，也并非全然不知。

"嘉嘉的感情我一向不干预，自然也不会逼着你去承担责任，但这件事情你最好尽快处理，只要我看到她开开心心的样子，所有一切我都可以不去追究。"

程北航闭了闭眼睛，耳边还响彻着林江生的声音。林江生没有说会采取什么手段，但"先礼后兵"是他一向的作风。

程北航从椅子中直起身来，愣愣地盯着外面的大雪。他好不容易才重新爬起来，不能因为一个小小的意外就将这一切毁于一旦，林江生说得对，这件事情他必须尽快处理。

他咬咬牙将手里的烟蒂掐灭。

林嘉将自己一个人关在屋子里已经好几天，倒也没有什么过分的举动，不哭不闹吃喝如常，只是一日日沉默萎靡下去，林江生找了所有能劝她的人轮番劝导，可一点儿用也没有。

林嘉躺在床上睁着眼睛呆呆地望着天花板出神，听着门外的声音聚拢又散去，她已经没有难过的情绪，只是心里有什么地方塌陷掉一块，一整个冬天的风都灌进去，空荡荡地麻木着。

她不记得自己这样浑浑噩噩地过了多久。

持续已久的大雪骤停的那日，她觉得自己好像嗅到了春天的味道，明晃晃的阳光从窗帘的缝隙处漏进来，在床角落下晦暗的小小光斑，她就在这幻觉一般的光影中，重新看到了希望。

程北航推门而入的时候，手里抱着一只小小的保温杯，他慢慢走进来，一把将窗帘全部拉开，然后在她身边坐下来，四目相对许久之后，他蓦地勾起嘴角笑，像哄小孩子一样的温柔语气："好了，别生气了。"

只一句，林嘉的眼泪便涌了出来。

他坐得近了一些，将她的头埋在自己的胸前，单手轻轻抚着她瘦削的后背："对不起，林嘉，你信我吗？"

林嘉重重地点了点头。

他柔声继续安慰："我不是存心想要伤害你，只不过你也知道我的状况，我现在还没有能力承担一个新生命或是一个家庭。"

"不需要你承担，"林嘉抽泣着的声音有些模糊，语气里满是委屈，"我什么都有，你想要的我都可以给你啊……"

"可是林嘉，尔尔是不会允许这个孩子存在的。"他没继续说下去，换了话题，"好了林嘉，你看天都晴了，我们去外面走走。"

他牵着她往外走,表面上还是温和耐心的样子,另一只手却紧紧握成拳。

小路上有未清扫掉的积雪,白茫茫一片,映在阳光下发出略微刺眼的白光,而在雪下看不见的地方,积累着厚厚一层冰。

"尔尔姐?"小助理伸手在顾尔尔眼前晃了晃,见她没反应,努努嘴提高了音量靠近她耳朵,"尔尔姐?"

尖厉的嗓音传进耳中,顾尔尔颤了一下蓦地回过神来:"啊?怎么了?"

进组不足一周,她已经频频走神,小助理满脸狐疑地看一眼她,无奈地重复道:"我刚刚说,齐沉哥对这部分台词做了一点儿修改,让我拿过来给你看看……"顿了顿又补上一句,"尔尔姐,你确定你没事吗?"

顾尔尔双手拂面定了定神,许久,露出一张略显倦态的笑脸,然后肯定地点了点头:"我没事。"

一抬眼瞥见不远处走过的身影。

短短数日之后再重新进组,许多事情好像变得不太一样了,原本是她处处躲着齐沉,而在那晚她明明白白跟他表了态之后,他似乎终于死心,不再像以前时时对她留意,如今即便是在工作期间,他也尽可能地对她一避再避。

同组的工作人员将这些都看在眼里，有守口如瓶不多说话的，自然也少不了口无遮拦的，但好在齐沉的绯闻一向不断，这一次的小消息倒也没有引起什么轩然大波。可几乎从来不理会传言的齐沉，这一次竟也特意嘱咐了韩汶继去辟谣。

大概，真的就此决裂了吧。

顾尔尔晃晃脑袋，却说不出心里的不安究竟来源于哪里。

她心烦意乱地接过小助理手里的剧本，打起精神去看修改的地方，不过是几处小细节，可她硬生生将一页纸盯了近半个小时。

"顾尔尔！"

尖厉的哭号声一度让顾尔尔以为出现了幻觉，她循着声音回头，一张惨白虚弱的脸映入眼中。

林嘉情绪激动几乎不能自控，林江生双手扶在她肩膀上，试图让她冷静下来，周围几个工作人员见状也纷纷上前劝慰。只是越是这样越是激起她更为激烈的反抗，她冲着顾尔尔的方向哭喊：

"顾尔尔，我这么多年来怎么对你你不清楚吗？为什么非要逼得我到这种地步……"

顾尔尔呆呆地站在原地，看着林嘉嘴巴开开合合，面前这个女生狼狈至极，已经再没有当初那个气场强大光彩照人的林嘉的半分影子。

她穿着一双平底鞋,套着宽松厚大的羽绒服,头发在挣扎的过程中散乱开来,未施粉黛的脸上显得苍白,眼底乌青一片,额角还有未痊愈的伤口,右侧脸颊的伤疤糊满泪痕,在过度愤怒的表情下显得有些狰狞。

"顾尔尔,你摸着良心说,这几年我对你还算不错吧?你明明喜欢齐沉,却还紧抓着程北航不松手……"

人群忽然沉寂片刻,如果之前还是可以澄清的传闻,林嘉的这句话却是确确实实坐实了一些东西,林江生冷了脸拉着林嘉往外走,她却死死不肯挪动半分,依旧疯了一样喊着:"顾尔尔,这几年我对你有多好你心里不清楚吗?可是到头来呢,你不仅不愿意成全我,还要程北航想办法来拿掉这个孩子!我没有流产你很失望吧?"

顾尔尔只觉得"嘭"的一声,有什么东西在心里轰然炸开,连同最后的残骸,迅速粉碎消失。

"我不愿意去医院,所以你就让程北航故意带我去雪地摔倒对吗?我原本没打算生下这个孩子,可是顾尔尔,我对你真的很失望,你死心吧,我不会对程北航放手的,也不会放过你……"林嘉想到那天程北航带她出去散步的场景,还觉得后怕,她放声不管不顾地嘶吼着,面部涨红,似乎要将顾尔尔吞掉一样。

顾尔尔握在手里的剧本潮湿而扭曲,她双手用力攥紧,沉默地一言不发。

　　林嘉被人强行带走，她的声音慢慢远去，顾尔尔什么也听不到，整个人如同木偶一样，僵硬地站在那里一动也不动。

　　飘忽的云朵掠过太阳，光线有短暂的晦暗，风卷着雪后的阴冷从窗户一拥而入，衬得室内气氛又多了几分冰冷。

　　"我说过只要你处理好这件事情，之前的所有我都可以不计较，"林江生背对着窗户负手而立，脸色冷得骇人，"从今天起，你就留在这里照顾嘉嘉，你公司的事情我会找人替你去打理。"

　　程北航还想说什么，碰上林江生冰冷的目光，终究沉默下来，双手抱头颓然地陷在沙发里。

　　他原本以为凭借林嘉对自己的感情，即便是自己出手酿成意外事故，只需要多一些耐心去安抚，她也不会过分苛责，只是没想到事情会闹到眼下这般地步。

　　大闹一场之后的林嘉看上去疲惫至极，软软地倚在院子里的藤椅中，像是陷入沉思一样，见到走近的程北航，她的眼底才浮现淡淡的一抹生机，弯着嘴角朝他笑了笑。

　　程北航还想跟她理论一番，可见到眼前的场景，忽然就没了脾气，她未必不清楚自己所图所想，可依旧飞蛾扑火般为这段感情付出，最后落得狼狈悲惨的下场。

他叹了一口气,找来一把椅子在她身边坐下。

太阳慢慢褪去温度,斜斜沉在林立的高楼间,洒下最后一层淡淡余晖。

"要不要喝点儿酒啊?"

顾尔尔的胳膊被撞了撞,紧接着递到她面前的易拉罐被打开,发出"嘶嘶"的声音,她犹豫了一下,慢慢抬起头,越过捏着啤酒的手指,视线落在一张带着笑的柔和侧脸上。

她没有说话,直接接过他手里的酒,仰面喝下一大半,火辣的感觉沿着喉咙一路下坠,在胃里蔓延开来:"我真的不知道……"她伸手胡乱地擦了一把脸,"我不知道事情竟然是这个样子,更没有想到林嘉跟程北航……他们……"

她晃了晃手里的啤酒,又喝了两口,重新低下头去,脸颊有些发热,唇齿不清地呢喃:"齐沉,你说我要怎么办呢?"

她从温温懦懦变得理智自持,竭力控制自己的感情,也去适应外界,一路坚持着和程北航走过来,最后却是程北航先走向背叛,更可笑的是这场背叛是因为自己。

夜里的冷风穿堂而过,顾尔尔从低声的呢喃变成抽泣,再到最后掩面大哭,齐沉无奈地摸了摸她的头发。

许多事情不是躲避就可以过去的,就像他以为避开顾尔尔就可以尘封对她的感情，以为故作冷淡就能熄灭心里的炽热，以为镇住传闻就真的能与她撇清。

可是看着她被林嘉斥责，看着她身处程北航的泥泞中，他还是会替她难过。

他拢着衣摆在顾尔尔对面盘腿坐下来，夺过她手里的啤酒放在一边，轻抚过她的肩膀，柔声安慰道"没事了，这些不是你的错。"

暮色四合，隐约可以看见几颗星星，顾尔尔哭够了抬起脸来："这件事情不能一直这么拖着，我得跟他说清楚。"

他默契地将手机递过去，然后自然地握住她的手腕，另一只手拿出车钥匙晃了晃。

"程北航你干什么去？"

林嘉起身追上去两步，一把拽住面前人的衣角，像小孩子一样闹起脾气来。

程北航回头瞥她一眼，将聊天记录递到她面前，尽可能耐心地哄着她："顾尔尔说要跟我谈谈，我出去就说两句话，马上回来，你听话，先去睡觉好不好？"

听到顾尔尔这个名字，林嘉立马警惕起来，拽着他的手加大了力度再不肯松开，程北航对顾尔尔的感情是她最为忌惮的东西。

"有什么话，你们可以在这里谈。"

"不行。"他不自觉提高了音量，顿了顿看着林嘉湿润的眼角，回过神来，"对不起林嘉，我不是故意的……你信不信我？真的，我就在门口，一会儿就回来。"

他扒掉她的手，头也不回地朝外走。

他答应林江生留下来照顾林嘉不过是权宜之计，他必须去跟顾尔尔解释清楚，不能让她以此为由去跟齐沉在一起，他已经什么都没有了，不能再没有顾尔尔。

"程北航你不能再去见顾尔尔……"林嘉不知道从哪里摸出一把刀子，过度用力的手掌已经沾染上殷红血迹，端着药进来的孟姨慌乱地喊着人。

"我们就到这里吧，谢谢你这几年对我的照顾，也很遗憾我没有办法陪你一起走下去。"顾尔尔开门见山，"你应该去承担自己的责任。"

"尔尔你要相信我，你听我解释，我们会好起来的，我发誓，现在这样只是……"程北航下意识地伸手，试图上前两步。

"你好好照顾林嘉，算我拜托你。"顾尔尔打断他的解释，迅速后退两步，两个人之间隔开一段距离。

程北航颓然地一笑，视线落在顾尔尔身后几百米之外的车子，他忽地上前两步将她禁锢在怀里,果然,车门被打开,有人匆匆跑过来朝着他就是一拳,他早已经预料到,整个人松开顾尔尔偏着头躲了过去。

"这才是你要分手的原因吧,顾尔尔?"程北航冷笑着,看着将顾尔尔护在身后的齐沉,"你们偷偷摸摸了这么久,终于找到光明正大在一起的机会了对不对?"

顾尔尔还想再辩解,齐沉拉住她转身就走。

程北航刚追上两步,手机便急切地振动起来,他接起电话后,片刻变了脸色,快步转身折返林家。

不远处的树后传来窸窸窣窣的声响,有人直起身来盯着手里相机直笑,画面里的齐沉正朝着程北航挥拳头,紧接着又将顾尔尔护在身后与人对峙……

"这些,再加上林嘉大闹片场那次,我不相信舆论还扳不倒你。"夜色中的身影发出阴鸷的笑,又紧跟着程北航守在了林家门口。

第十章 我的梦想,是你

MINGZHONGZHUDING
SHUYUNI

顾尔尔是被手机疯狂的振动声惊醒的,她草草扫了几眼屏幕,这才发现所有熟识的人问她的问题都围绕着同一个话题:齐沉三角恋事件。

她意识瞬间清醒起来。

林家千金未婚先孕自杀未遂的消息和齐沉陷入三角恋情的报道铺天盖地而来,两件事情同时炒上热搜,加上林家千金在片场崩溃以及齐沉与人动手的一系列照片,舆论矛头很快指向齐沉,有人在下边列举种种事例来指证这两件事情的联系,很快演变成了齐沉感情混乱,才间接导致林嘉自杀的事情。

齐沉的电话打不通，顾尔尔再也顾不得这些，打了车直奔医院。

所幸，林嘉的情况并不严重，只不过情绪崩溃失常，见到顾尔尔更是疯了一样随手抄起东西就朝她摔过去："滚啊！"

顾尔尔不敢多留，跟林江生打了招呼便退出去，却不料在楼下遇上买饭回来的程北航。迫于林家的压力，他不得不留下来照顾林嘉，从此以后，他便也只是别人的丈夫，他们之间再不能有半分情谊。

两个人面对面站了许久，却说不出一句话来。

"好巧，在这里也能碰上新闻主角。"带着秦羽蔓做孕检的陈景砾走过来，他低头在秦羽蔓耳边说了什么，将她支开，然后走到顾尔尔身边，用眼神扫了扫程北航，装作不知道他的样子，"我以为顾大编剧跟我去过几次酒店之后再不联系，是因为齐沉，现在看来，齐沉也没那么大魅力嘛，怎么，顾大编剧不打算跟我这个故人介绍下你边上这位？"

程北航的脸色已经变得极为难看。

顾尔尔不想再纠缠下去，索性扭头就走。

"顾尔尔，我还真是看错你了，原来你这么有本事，身后靠山不止齐沉一个啊？"程北航三两步跨过来拦住她的去路，脸上一片嘲讽,"亏我还满心愧疚,处处为你考虑打算,说到底我也不过是你的计划之一对不对?"

　　陈景砾见事态已经朝着他想要的方向发展下去,笑着转身离开。

　　顾尔尔白了他一眼,回过头来对着程北航,只觉得悲哀:"程北航,你口口声声要我信你,可是你扪心自问,在你心里,又何曾信过我?"

　　"信我?"像听到什么好笑的事情一样,程北航扣住她的肩膀吼,"顾尔尔,你说信我,可是我和林嘉的事情,你信过吗?你为什么不想着是林嘉故意勾引我?而我这么做还不是因为你?我身上所背负的债务还不是因为你?我想要还清债务,想要你过上你想要的生活,想要你不必为金钱所驱使去和齐沉在一起,想挽回我们的感情……逼我一步步走到今天这个地步,都是因为你啊顾尔尔!"

　　事到如今,他竟然还在推脱责任。

　　"怪我认人不清,早在你放弃剧本的那一刻起,我就该知道,你已经变了,那个为了追逐梦想不顾一切的顾尔尔已经死了,现在的这个你,是一具完全物质化、满是铜臭味的行尸走肉!"

　　顾尔尔红了双眼,整个人都在颤抖,她抬起手想要狠狠甩他一巴掌，可是最后一刻她颓然放下手来，只觉得无力。

失望到了极点的时候，连争执解释的欲望都没有。

他早已经不是她所认识的那个光芒四射的程北航了。

初出社会，他从一开始就已经被自己击败，同那个被环宇科技打垮的小公司一起死去的，是那个朝气蓬勃、自信坚定的程北航，而留下来的这个人，只剩自私多疑，懦弱悲哀。

是哪里错了位呢？

就像被施了诅咒，从跨出校门的那一刻起，他们便以飞蛾扑火的姿态与初衷背道而驰。

从医院出来，顾尔尔沿着大街慢悠悠地往回走，空气里有爆竹的烟火气味，她停下来抬头看着对面广场上正在被换掉的广告，齐沉的那张脸在一片褶皱的广告单中变得有些扭曲好笑，新的广告里是一张崭新的年轻面孔，看上去有些稚嫩。

已经快要到除夕了啊。

他的合约就要到期，如果他真的执意隐退，公司留不住这尊财神，只怕会尽快发展其他艺人，也不会再为他的公关耗费心思吧。

人走茶凉，向来如此。

顾尔尔看了看手机上的出行提醒，在取消车票的瞬间忽然放弃，她回去收拾了几件行李，将一只小小的钥匙扣寄去齐沉的公司，最后换好鞋子一个人出了门。

这些时日里发生的种种，像一场梦境，醒来之后，一切都已经变了。

"……"

"未婚妻又怎么样？近几年影视圈火热，她出身商业家庭又喜欢我，她爸想要开拓影视市场，所以借着她的喜欢以我为突破口，而我也不过是看中她的家世，各取所需。"

"我就知道，你最惦记的还是齐沉那小子。"

"我跟他有过节……毕竟上次片场害他的事情也让我看了别人的脸色……"

陈景砾的声音一字不落地落入齐沉耳中，他的全部注意力集中在这只钥匙扣上，脸色越来越难看。很明显，这是那晚陈景砾在酒店的时候跟顾尔尔之间的对话，如果这段音频爆出去，眼下的局势很容易反转，无疑大大降低了公关难度。

他皱着眉头打电话给顾尔尔，那边却已是无法接通的状态。

"你怎么就这么固执呢？把录音交给公司，合约继续签下去，我保证，24小时内有关你的负面报道全部消失。"韩汶继看着热度不减的种种传闻急得团团转，"齐沉，就算不看在我的面子上，那至少现在《浮生》还没有拍完,你这一走,公司对它的重视度就大大降低,再严重一点儿,指不定直接中止拍摄呢?"

齐沉仍然没有松口的迹象,隔了很久,他忽然起身将钥匙扣收起来,临出门之际又折返回来,看了韩汶继一眼,拍拍他的肩膀,将桌上的文件丢进了垃圾桶。

顾尔尔抵达青市的时候已经是除夕,从火车站出来外面正下着大雪,她坐了十几个小时的火车头脑昏聩,春运期间本就一票难求,这张票还是在很久之前花费了很大的心思才抢来的。

那时候她为了让程北航安心,允诺春节带他回青市见家长,却没想到再后来发生这么多事情,她如约回了青市,却变成了一个人,也没有回家。

雪越下越大,顾尔尔打不到车,辗转走了三五公里,才终于住进一家相对经济的酒店,冲了个澡换了衣服,她倒头就睡。

忽冷忽热的梦里,她看见程北航光彩照人的模样,他站在讲台上侃侃而谈赢得一众师生的称赞。梦境反复,转眼间又是齐沉的脸,他还在韩国训练的时候,汗水打湿额前头发,跟她在微博里看到的照片一模一样,他的喜怒哀乐,他的言谈举止,隔着虚妄的梦送到她眼前……

都是许多年前的事情。

顾尔尔梦梦醒醒,头痛欲裂,终于在喉咙的干渴嘶哑中醒过来,几杯水下肚,这才意识到自己昏昏沉沉的现状,摸了摸额头又找来体温计测了测。

39.8℃。

她惊了一下,随即又倒下头去睡,忽冷忽热的反复却让她睡得极不安稳,好不容易挨到深夜四点的时候,她披了大衣出去找诊所。

但除夕夜里,她并不抱什么希望。

脚步有些虚,像踩上一团团棉花,头重得似乎快要支撑不住,冷风吹过的时候,她才勉强找回几分意识,迷迷糊糊中她甚至想到,如果死在了这里,是不是也算魂归故里。

可是,还是有些遗憾啊。

抱着残存的意识,她拨通了一个号码,然后报上了自己的地址,再说了什么,她已经记不清楚。

"所以那天在酒店遇到秦羽蔓不是巧合,而是你故意带她出现的,为的是让我看清陈景砾是有家庭的人,希望最后关头我能够止步?"

"包括后边通知齐沉的,也是你?"

顾尔尔将退烧药喝下去，粉红色的液体带着过分甜腻的味道，她忍不住皱了皱眉头，大口喝下半杯水："所以炜彤，你……你跟陈景砾，我是说你跟秦羽蔓……的关系……"

"没错。"秦炜彤帮她再倒一杯水，笑了笑，"严格来说，陈景砾是我姐夫。"

她眯着眼睛开始讲起自己的事情。

秦家经商，但这几年不景气，所以秦父想利用秦羽蔓的爱情以陈景砾为突破口，在火热的影视界中寻找商机，加上母亲对秦羽蔓的偏爱，一直怕秦炜彤觊觎秦家公司，当年自作主张送秦炜彤学了编剧，想着让她跟陈景砾去谋个工作，也算是对她有了交代。

原本秦母因为这件事情，就已经跟秦炜彤闹得很僵，再到后来发现秦炜彤做起微商，更是忌惮又警惕。

"所以毕业我回家没几天又回去找你了，那次原本我想要待我爸爸公司实习一段时间，也希望能通过网络平台拉一把家里的生意，但是我妈妈不肯。"

秦炜彤直起身来收敛了情绪，又有些歉疚地说："尔尔，很抱歉我能帮你的不多，但凡我还顾着家里，就不能也还没有能力与陈景砾起正面冲突。我姐姐爱陈景砾，她其实比谁都清楚，陈景砾的心不在她这里，他在外面同多少女人暧昧不清，她也心知肚明，可她还是盼着有一天他能够回头。

"可是，浪子既为浪子，吸引他的必是漂泊与远方，从一开始，就注定不会有回头的那一天。"

"明知不可为而为之，"秦炜彤笑得有点儿苍凉，"虽有点儿傻，但……哪怕是幻象，也总得给平淡无奇的人生留一点儿念想的啊，不然靠什么去度过漫长惨淡的余生？"

每个人都有不堪重负的痛苦，只是有的人习惯于将它置于口头，逢人便诉苦，想让所有人都替他难过悲悯，以此获得心理安慰，而有的人习惯藏于心底，不喜被人所知晓，因为深知能帮他走出的，只有自己。

"谢谢你，炜彤。"顾尔尔望着秦炜彤的眼睛，带着感激与安慰轻轻地抱了抱她。

秦炜彤起身用力回抱："尔尔，接下来你准备怎么办？"

顾尔尔没有说话，似乎认真思考了很久，才将一条短信给秦炜彤看，末了叹一口气："他是建议，但也是我的打算，我暂时不会再让林嘉见到我，对她来说，我是噩梦，她帮我太多，最后收获的却全部是伤害。"

隔了会儿，她故作轻松地笑起来："有人资助进修，在编剧这条路上我也会越走越远。"

新年接近尾声的时候，秦炜彤和顾尔尔结束了青市之行，秦炜彤不惜在跨年夜奔波的付出换来了相应的收获，她的网店同国外一家网站达成合作，接下来准备跨国发展她的微商事业。

顾尔尔再回荣安市，没想到还会在出租屋遇见程北航。

不知道是不是巧合，一向不关注娱乐圈的程北航竟然在放着娱乐频道的新闻，而数日之后，有关于齐沉的舆论仍旧沸沸扬扬，她寄过去的录音石沉大海，并无半点儿反应，电视里主持人唾液横飞，正激动地分析着齐沉解约隐退与日前爆料的传言之间的联系。

程北航低头收拾着行李，看不出来有没有听进去新闻内容，他还穿着去年冬天她买给他的棉衣，褪去了往日里浑身的尖锐偏激，整个人散发着略显柔和的光芒，只是眼睛里的光彩消失得无影无踪，只剩疲倦和沧桑。

看到推门而入的顾尔尔，他收拾行李的动作有一瞬间的停滞，好半天之后喉咙动了动，却终究没有说什么。两个人默契地沉默，各自收拾着自己的东西，但住在一起这么久，少不了有许多东西交错堆积，比如顾尔尔打印到一半突然反悔的剧本，程北航最初成立游戏公司时的 Logo 设计……还有两个人最初结缘的电影光盘……

记忆瞬间涌现,满是旧时梦想的味道。

两个人谁都没有说话,程北航关掉新闻开始播放那部电影,顾尔尔很配合地停下手里的动作。

很早之前的片子,清新平淡,在这个新年的清晨,他们并肩坐在落满灰尘的沙发上,最后一次看同一部电影。

电影放到第五十九分钟的时候,画面上出现了分岔路口,男孩子顺着自己的方向朝前走到一半,被身后的女孩子喊住:"我记得是左边这条路哎。"

"可是这条路看上去没有人走,你确定吗?"

他们还没有做出决定,程北航起身小声接了一个电话,然后拎着行李箱匆匆往外赶去,走到玄关处时,他回过头来看着顾尔尔:"尔尔,对不起。"

走廊里的感应灯熄灭,他背后陷入一片晦暗:"如果我处理好林嘉的事情,我们还有重新开始的可能吗?"

顾尔尔看着他笑,然后摇了摇头。

我曾渴望有人为我遮风挡雨护我周全,你出现了。但后来我们的路途出现了分岔口,你离开了。就像这场你中途离场的电影,我们一起感受过开始的欢笑与眼泪,但无奈不能共守结局,这是无法成全的遗憾。

顾尔尔送走程北航回来，脚步却在门口顿住。

忽闪着亮起的模糊灯光下，有黑色的身影转过身来用力将她抱住。

"尔尔。"他微微低头，帽檐抵在她的耳边，隔着口罩的声音有些嘶哑，温热的呼吸混合着心脏跳动的声音落入她耳朵里，"你回来了。"

齐沉没有公开陈景砾的音频。

如果公开的话，他的确很快能摆脱舆论的压力，但是录音里也有顾尔尔的参与，一旦传开，难保陈景砾不会扣上钱色交易的名目拖顾尔尔下水，抑或还有其他的手段。

他能从六年前无人问津的透明角色走到如今的高度，六年后的今天自然也不需要涉险赔付她的名声来保住自己的位置。

他俯下身子帮她将堆在床上的衣服收起来，整齐码进行李箱，一边合着箱子一边笑："你是不是真傻，竟然真的以为我是因为你才隐退啊？我不是很早就说过我合约快到期了吗？"

顾尔尔不好意思地干笑两声。

他笑，然后拎着她的鞋子装起来，声音低了几分："你在MV里看到的那个女生，是我女朋友，她死于ALS，在我出第一首歌之前。"

顾尔尔没想到他会突然提起这些，她放下正在整理的书，走过去握了握他的手表示安慰，他没怎么在意的样子，笑着反握住她的手。

"她在音乐方面帮我很多，算得上是我的音乐启蒙老师和发掘我天赋的伯乐，我从前总以为对她是爱情，后来才发现……"他顿了顿，嘴角的弧度没变，却不经意拢了拢眉，"怎么说呢，我对她的感情比所谓的'爱情'要复杂得多，知己难求，我对她是欣赏，是感激，是相知的庆幸。

"她一直希望我不要埋没了自己的音乐天赋，希望有一天能有更多的人像她一样知晓和欣赏我的音乐。你看，"他滑开手机，翻出一组数据，转而又切换到他以往演唱会的画面，"这些我都做到了，《浮生》很快就会完成，我和你的梦想也算是要实现了，所以尔尔，我隐退不是戏言，也从来不是受谁的影响和拖累，只是，这辈子还剩下这么多时间，也总该轮到我去实现自己的梦想了吧？"

他的梦想不是音乐和电影吗？

顾尔尔不明所以地看他。

"尔尔，我的梦想，是你。"

行李全部打包好已经是下午三点，齐沉将大大小小的箱子拎到外面的路边，然后去取车，他时不时回头看一眼顾尔尔，好像生怕她会凭空消失一般。

顾尔尔看着他的身影笑,等他走得远了,她才挥手招来出租车。

"姑娘,去哪儿啊?"司机大叔见她迟迟不报地名,忍不住回头催促着问了一句。

顾尔尔却好像没有听到,直勾勾望着下了车匆匆跑过来的黑色身影。

"顾尔尔!"齐沉摘下口罩扬了音调朝她吼。

"齐沉,谢谢你,我要走了,佛罗伦萨,再见。"顾尔尔隔着车窗看着气急败坏的身影,然后低头瞥一眼手机上的信息。

"师傅,机场!"

窗外风景开始倒退,过往历历在目,她曾把爱情当作生命全部的依赖,也曾活在过去七年的情感幻象里自欺欺人,可爱情如同吃饭、喝水、散步、工作……它是生命的一部分,但断不该成为全部,更不该是用来交换安稳生活的筹码。

她在新年伊始与这段镶满补丁的青春尾声告别,也将从此独立于世。

她回头看着越来越远的那个身影,慢慢抚上心口,若数年之后,这份心跳仍未消散,她或尚能用完美的姿态回身拥抱迟到的爱情,只是希望那时所有人的伤疤都能结痂,所有的缺憾都能开花。

她侧过头去看,后视镜里的黑色身影似乎被人认出,慢慢地有人围拢上去,车子转弯,聚拢的人群,模糊的身影,都从她的视线里褪去。

大梦初醒

番外一

MINGZHONGZHUDING SHUYUNI

深夜三点。

林嘉被一阵啼哭声吵醒，她强忍着困意起身，紧张地查看小家伙的状况，因为孕期情绪波动过大，又频频发生事故，所以早产的小孩子格外虚弱，林嘉凡事亲为，甚至极少让保姆插手，不过一月有余，她瘦得几乎只剩骨架。

好不容易将孩子安抚入睡，还没来得及躺回床上，门口便有窸窸窣窣开门的声音传来，只是迟迟不见人进来。

林嘉披了件外套过去开了门。

程北航头发凌乱，袖口胡乱地挽起来，半边身子倚着石辉，一只手还保持着摸索开门的动作，迎面对上门内的林嘉，好半天没有说话。

石辉看了两个人一眼，有些尴尬地打破沉默："林嘉姐，北航哥又喝多了。"

这样的情况已经不是第一次。

以往林嘉总是匆忙又小心地将程北航让进屋内，帮他换衣服醒酒百般照顾，但这一次的气氛似乎有些凝重。

"扶我进去。"程北航别过头嘱咐石辉一声，踉跄着步子朝里边走，经过林嘉身边时，硬生生撞到她的半边身子。

石辉见势不妙，放下程北航后跟林嘉打了声招呼，立马识趣地走了。

室内打着一盏光线极淡的暖黄小灯，两个人的身影交错着落在地板上，夜里寂静一片，隐约只听见小孩子堵塞着鼻子的重重呼吸声。

"北航，你要这样闹到什么时候？"林嘉冷着脸，声音里满是隐忍与疲惫。

程北航的公司在林江生的扶持下，也勉强算走上了正轨，但他却日日忙于各种应酬，与不同行业内的人周旋结交，看上去是专心事业，虽无夜不归宿，但每每深夜而归，天未亮便走。

连保姆都看得出来，他在躲着这个家。而林嘉更是比谁都清楚他的野心，他从未妥协，至今仍然谋划着培植自己的力量，想要摆脱林江生，摆脱她。

程北航听不见她的话似的，瘫在沙发上一动不动。

"既然你当初做了这样的选择，我们就不能像寻常夫妇那样安分下来和平相处吗？北航，只要你愿意，我们……"

"我做的选择？"程北航蓦地起身低笑，醉酒的双眼通红，有怒意迅速升腾，满身的酒气在林嘉周身散开，"林嘉你真是要脸，这种话你都说得出口？你给过我选择的余地吗？当初要不是你勾引我，一路做局逼得我受制于林江生，我和尔尔会走到如今这步田地吗？"

褪去白日里的谦恭有礼，剩下的全是赤裸裸的愤恨。

"你真觉得是我一直在害你？"林嘉听见自己因为绝望悲凉而变得嘶哑难听的声音，"你以为你和顾尔尔变成这样都是因为我？程北航我告诉你，就算我死了，你们两个人也走不到一起！"

"那你就去死啊！"程北航被激怒，紧紧扼住林嘉的喉咙，额头上青筋暴起，似乎真的要将她置于死地一样，"你去死啊！"

小孩子被吵醒，哭闹不停。

原本寂静的夜里充斥着争吵声与啼哭声，邻间的保姆察觉到动静，慌慌忙忙赶过来拍门劝导。

林嘉闭上眼睛，因呼吸困难而涨得通红的脸颊上却是一片寂然。

最后一刻，程北航将她狠狠摔在沙发上。

就像他装醉一样，如今也只是装糊涂，经历这么多事情，他早已经明白了许多，而对林嘉的斥责与愤恨，不过是自己软弱无力的泄愤。

或许是因为实在太过疲惫，又或许是因为和程北航大吵一架，情绪得以发泄，这一晚林嘉难得睡得安稳，翌日一早醒来已经临近中午。

她起床第一件事情便是朝婴儿床走过去。

只一眼，她的昏沉的睡意顷刻全无。

哪里还有小孩的影子？

联想到昨夜和程北航的争吵，她的大脑一瞬间闪过万千种想法，最终归于一片空白，她半张着嘴巴愣在原地久久动弹不得。

"你醒了？"

伴随着小孩儿嘤咛的声音，有人推门而入。

林嘉回过头，目光落在他怀里，终于松了一口气。

她掩饰了自己的慌乱，故作平静地走过去从他臂弯中接过小孩子。

程北航难得没有去公司，他系着的围裙还没有摘下来，眉头微微拧巴，犹豫了半晌还是扳过林嘉的身子，抬起她的下巴逼迫她直视自己。

"林嘉，对不起，昨晚的事情，是我喝多了。"

他语气温柔如水,声音里带着宿醉之后的略微沙哑,有着蛊惑人心的力量,见林嘉依旧沉默,他笑着俯身在她嘴角落下一吻。

林嘉一下子红了脸。

"不生气了?那我们去吃饭,今天可是程老板亲自下厨……"他絮絮叨叨自顾自地她耳边说着,俨然一副好丈夫好爸爸的模样。

饶是已经见多了他像这样飞快转变的态度,可每一次这样的时候,林嘉都恍惚生出自己真的代替了顾尔尔的幻觉。即便明知是幻觉,可她依然不忍拆穿,也舍不得将他推开。

要是能一直这样,就好了。

林江生进门所看到的便是这样温情的场景。

林嘉抱着小小的孩子笑着逗弄,程北航帮林嘉盛了饭递过去,不停地夹菜给她,时不时也别过头去和孩子玩笑一番。

阳光从窗户斜斜落入,映在透明的餐桌上,反射出一层淡淡的光芒,这样美好的画面让人不忍心打断。

"嘉嘉。"林江生还是上前一步,目光落在林嘉脖子的红印上,不动声色地看了一眼程北航,脸上的笑意凝滞片刻转眼恢复过来,似乎随口问一句,"你脖子怎么了?"

昨天晚上他们的争吵,保姆一字不落地都告诉了他,倒不是他执意要干预他们两个人的生活,只是林嘉对程北航所耗心思太重,即便眼下他们已结婚生子,但他知道,程北航的心一直不在这里,林嘉自欺欺人,但他不得不替她思虑。

见两个人都没有说话,林江生三两步跨过去在程北航面前坐下来,看着他直问:"怎么,吵架了?"

程北航没有看林江生,兀自从林嘉怀里接过孩子,递给她一个眼神。林嘉会意,她苦笑一声,这怕是他们之间唯一的默契了吧?

每一次争吵之后,她都要配合着程北航在林江生面前粉饰太平。

他逐渐习惯了假装,她好像也习惯了原谅。

但这一次……

"对。"她在程北航错愕的目光里看到自己冷静的模样,"我们昨晚吵架了……"

林江生和程北航的脸色都变得极为难看,林嘉顿了顿,别过头看着程北航,慢慢地笑了:"不过——"她错开目光,带点撒娇的语气对着林江生,"哥,夫妻吵架拌嘴这种八卦你都要插手啊?"

程北航的脸色缓和过来,揽着林嘉的肩膀满脸愧疚地对着林江生解释:"昨天晚上饭局上喝多了……"

林江生看了林嘉一眼，没有说话。

一场风波平息下去。

这一年的冬天来得格外早，第一场雪落地的时候林嘉裹了大衣坐在顶楼上，雪花纷纷扬扬，没多久地上便覆上一层浅白，在夜色下宛如月光。

林嘉仰头看着天上轰鸣而过的飞机。

尔尔，你要回来了吧？

最近我常常梦到以前的许多事情，醒来以后却发现，到头来我没有得到程北航，也没有留住你，无论你相不相信，最开始我真的不想打破我们三个人之间的平衡，但是后来，许多事情都变了，人是贪婪的，总渴望更多，而爱情在引发温暖的另一面，也会引发偏执、怀疑与嫉恨。

我曾经笑你执着于七年的幻想自欺欺人，但我何尝不是重蹈你的覆辙。我目睹自己耗费整个青春暗恋的人，从光芒四射变得虚伪懦弱，我不愿意接受也不甘心，所以我想尽一切办法把他留在我身边。

可是尔尔，真辛苦。

所以我打算放弃了。

雪落了一整夜，程北航回来的时候屋子里空荡荡一片，他喊了几声林嘉，却没有任何反应，风从窗户涌进来，吹得桌上的文件哗哗作响。

他走过去俯身捡起落在地上的纸，眉头不自觉地皱拢。

离婚协议书上最后一页，林嘉的签名格外刺眼。

/ 命中注定属于你

浮　生　与　共

MINGZHONGZHUDING
SHUYUNI

番外二

《浮生》电影发布会现场,气氛热烈一片,台下的记者一层层排到了场外,主角尚未出场,人群里已经是议论纷纷,更有甚者提早举起相机,连问题都已准备好,密密麻麻罗列了一长串。

一年前,当红艺人齐沉在事业巅峰期陷入三角恋情,又有传言称他情史混乱,与林家千金林嘉自杀一事有着千丝万缕的联系,流言四起,再往后各种猜测层出不穷,而当事人却一直未做出任何回应,没多久便与原经纪公司解约,而其当时主演的电影《浮生》在前期的疯狂造势之后,也忽然中止拍摄再无后续。

齐沉自此消失在众人视线中。

却不料想，一年之后他带着即将上映的电影《浮生》又忽然重新出现。

场外有刚入行的年轻小记者捧着话筒奋力朝前挤，不忘歪着脑袋跟身边人打听："这部电影真的有那么厉害？我查过资料，那个编剧没什么知名度的啊？"

"你知道什么？"身边稍长一些的前辈白了她一眼，"电影好不好看要上映之后才知道，现在大家的关注点根本是在齐沉身上！"

人潮拥挤，两个人被推推搡搡站立不稳，隔了许久，前辈记者又往前凑了一点，有些神神秘秘："齐沉消失之前最后一次被拍到，是他在路上狂追一辆出租车，有人爆料说车里坐着的正是齐沉的正牌女友。"

"啊？这种新闻也追？"小记者有些怏怏的。

"没经验，就是这种八卦大家才爱看啊……而且，听说齐沉今天要公布恋情……"前辈记者的声音被人群忽然的躁动声盖过。

台上正是所有演员一一亮相的时候，但反常的是作为主演的齐沉却落在队伍最后面出场，他穿简单的风衣，似乎没怎么化妆，落在一群光鲜的演员中显得有些懒散随意，但即便如此，依然挡不住记者们疯狂热烈的追击。

"一年前有媒体曾爆料林小姐大闹片场之后不久便在家中自杀,请问你当年隐退是否与此事有关呢?"

"有网友称你曾因感情纠纷与一男子深夜发生争执,请问你是否真的陷入三角恋情?"

"《浮生》曾因你与公司解约而停拍,请问这次电影的上映是否表示你将重新回归娱乐圈?"

……

"非常感谢大家的关注,"齐沉浅浅躬身,笑着说,"我这次更多是以制片的身份出场,所以希望大家能够多关注电影本身。"

有人立刻捕捉到新的问题。

"请问这是否意味着你日后的发展将从台前转至幕后?"

他倒也不回避,坦然承认:"是的。"

还没来得及再追问下去,有人紧紧追着八卦打断:"一年前有人曾拍到你当街狂追一辆出租车,请问车内乘客是否真的是传闻中你的正牌女友?"

他低了低头,嘴角的笑意更深刻些,隔了半晌才缓缓开口,开玩笑一样的语气:"我那天在路边上捡到过一堆行李,你们知道的,像我这种拾金不昧的大好青年,自然是要物归原主的,"他说这话的时候,才有几分一年前的顽劣模样,顿了顿又补充道,"一年前没追上它的主人,所以现在还在等着,你们如果有人见到,不妨转告她一声,我虽然拾金不昧,但行李保管费还是很贵的……"

车子疾驰,却偏偏遇上路口的红灯。

司机看一眼后座盯着手机哭哭笑笑的女孩,心下明了几分:"小姑娘别急,失恋这种事,年轻人总得碰上几次嘛,是你的别人抢不去,不是你的,你这急急忙忙赶过去也挽回不了什么……"

"绿灯了绿灯了,大叔快走!"车后座上的人不顾他的劝慰,火急火燎地催促着,还不忘解释一句,"我是赶工作的事情。"

大叔笑了笑,什么工作值得你一个小姑娘又是哭又是笑的,他没有拆穿,踩一脚油门加了速。

发布会提问环节接近尾声,热烈气氛仍然不减半分,见齐沉迟迟未正面回复有关恋情的问题,有记者忍不住开始"关心"他的情感状况。

"昨天微博上做发布会宣传时提到,你会当场公开恋情,请问是否意味着你已经有恋情发展,而你此次转型是否与恋情有关?"

"我……"

话没说完,外场忽然陷入一片混乱。

有人硬闯会场。

而怪异的是，保安虽做着阻拦的架势，但更多是将围观的人群拦住，反倒为擅闯者辟出了一条小道。

"不好意思，我迟到了！"

来人风风火火，拖着一只小小的行李箱径自朝舞台方向走过去，风尘仆仆的样子，大概因为走得太急，声音里夹着喘息："大家好，我是《浮生》的编剧顾尔尔。"

她不顾台下一干人诧异的目光，兀自站在齐沉身边做着自我介绍，强大的气场竟一时唬住了所有人。

齐沉看着身边人火急火燎的模样，不自觉弯了眉眼笑，重复着她的话："介绍一下，她是《浮生》的编剧顾尔尔。"

"至于之前所说的公开恋情这件事情，"不等台下发问，他接回刚才的话题，"我觉得已经没有再强调的必要了，毕竟我这种大牌，帮人保管这么久的行李，那笔保管费……"他笑，一只手环上身边人的腰际，"保管费她是还不起了，以身相许的话，我倒是勉强可以接受。"

语毕，便结束了问答环节，挥挥手下了台。

后知后觉的一干人回过神来，议论纷纷。

《浮生》电影发布会之后，除却恋情，又有关于齐沉自称是大牌的传言闹得沸沸扬扬。

"哎，我发现这群人真的是……"顾尔尔趴在床上刷着新闻叹一口气，"就不能报道一些好事情吗？真的就去说你耍大牌了我的天……"

她实在看不下去，气呼呼地将平板电脑丢在一边，隔了许久又翻过身来，捏着身边人的鼻子，笑嘻嘻地看着他不满皱眉的样子："我就不相信我一个无关人员擅闯会场，工作人员会无动于衷，而保安也只是做做样子？你说，你是不是一早就做好了局等我跳？"

"嗯？"他装作没听明白的样子。

"齐沉你算准了只要放出公布恋情的消息，我就会按捺不住赶过去？"她捏他鼻子的那只手加大了力度。

齐沉睁开眼睛一把按住她的手暮地靠过去，却是一脸无辜又理所当然的样子转移话题："《浮生》可是你亲生的崽，你这个做亲妈的倒好，拍拍屁股走得洒脱，留下这些事情给我一个人扛，拍《浮生》可是耗尽了我所有的家产啊，这次真的变穷光蛋了，怎么办？"

顾尔尔红着脸往后挪了挪，摸索着从包里扯出两张钞票放在他面前晃了晃，一脸狡黠："求我啊，求我我就包养你。"

"这件事你本身就有责任，我不管，你得赔！"齐沉跟着往前挪了挪，索性耍起了无赖。

顾尔尔笑:"怎么赔?以身相许够不够?"

齐沉脸皮厚,对她的调戏无动于衷,稍微用力反手就去抢她手里的钱,却不料被她灵巧躲开:"别动别动,这个可是我要拿去还债的。"

"除了我这笔债以外,顾尔尔,你到底还欠了多少风流债?快老实交代!"他欺身上前将她钳制在胸前小小的空间。

顾尔尔立马举手投降:"林江生,是林江生啊……不然你以为那个时候我哪有钱说走就走?"

面前人得到预料之中的答案,满意地笑:"林江生的债我已经还过了,所以,我现在才是你最大而且唯一的债主……"

他的吻密密麻麻地落下来,没讲完的话湮灭在唇齿间。

小花阅读

【"逆袭星光"系列】

FLORET
READING
▼

《春江水暖》
闻人可轻 著

青春竞技 x 破茧成蝶
跳水队冷板凳少女与商业界男神总裁连先生的甜萌初恋

"那个,连先生你……"她的心微微一颤,可他没有给她提问的机会,下一刻便俯身吻上了她柔软的双唇。
"嗯,我喜欢你。"
他早该明白的,无论他如何挣扎,眼前的人早已击破了他心中铸造多年的壁垒。
"很喜欢,很喜欢。"
他能为她不远万里,能为她不畏流言,能为她不顾一切,而那不是爱又是什么?

《他像北方的风》
海殊 著

娱乐圈 x 商界豪门
商业贵族邢先生与娱乐圈"蛇蝎美人"的霸气甜宠之恋

"但你欠我的。"
姜然一脸你究竟在说什么的样子看着邢牧岩,姜然却并没有从那双眼睛里看到任何玩笑的成分。
"我欠了你什么?"姜然问他。
他指了指姜然心脏的位置。
"你要相信我手上就算欠着十几条人命,也不会轻易就牺牲自己的情感。"
所以,你终究是不同的。

《命中注定属于你》
森木岛屿 著

小软萌 x 大傲娇
粉了六年的大明星成了自己的男朋友,好甜!

"这些我都做到了,《浮生》很快就会完成,我和你的梦想也算是要实现了,只是,这辈子还剩下这么多时间,也总该轮到我去实现自己的梦想了吧?"
他的梦想不是音乐和电影吗?
顾尔尔不明所以地看他。
"尔尔,我的梦想,是你。"

图书在版编目（CIP）数据

命中注定属于你 / 森木岛屿著. —石家庄：花山文艺出版社，2017.12（2020.1重印）
ISBN 978-7-80755-970-2
Ⅰ.①命…Ⅱ.①森…Ⅲ.①长篇小说—中国—当代Ⅳ.①I247.5
中国版本图书馆CIP数据核字(2017)第299575号

书　　名：命中注定属于你
著　　者：森木岛屿

策划统筹：张采鑫
特约编辑：欧雅婷
责任编辑：郝卫国
责任校对：齐　欣
美术编辑：胡彤亮
封面设计：刘　艳
封面绘制：Zheng某某
内文设计：孙欣瑞
出版发行：花山文艺出版社（邮政编码：050061）
（河北省石家庄市友谊北大街330号）
销售热线：0311-88643221/29/35/26
传　　真：0311-88643225
印　　刷：三河市华东印刷有限公司
经　　销：新华书店
开　　本：880×1230　1/32
印　　张：9.125
字　　数：160千字
版　　次：2018年2月第1版
2020年1月第2次印刷
书　　号：ISBN 978-7-80755-970-2
定　　价：39.80元

（版权所有　翻印必究·印装有误　负责调换）